LES MANQUANTS

De la même autrice

Autobiographie de l'étranger
Paris, Flammarion, 2020

Peggy dans les phares
Paris, Flammarion, 2017

Genèse de l'oubli
Montréal, XYZ, 2006

Ainsi font-elles toutes
Montréal, XYZ, 2005

Masques
Hull, Vents d'Ouest, 1997

MARIE-ÈVE LACASSE

LES MANQUANTS

roman

ÉDITIONS DU SEUIL
*57, rue Gaston-Tessier, Paris XIXe*

L'autrice a bénéficié d'une bourse de résidence du conseil régional d'Île-de-France pour l'écriture de cet ouvrage ainsi que d'une bourse de création du CNL.

L'autrice remercie la Fondation Michalski pour son accueil en résidence d'écriture au cours de l'été 2021.

Conseil des arts du Canada
Canada Council for the Arts

*L'extrait d'*Ivanov *des pages 212-213 est tiré de l'édition d'Anton Tchekhov,* Ivanov, *Babel/Actes Sud, 2000, traduit par Françoise Morvan et André Markowicz. p. 242.*

Marie-Ève Lacasse est représentée par Julie Finidori Agency.

ISBN 978-2-02-152676-9

www.seuil.com

Quel mal y a-t-il pourtant à ce que je m'éloigne de la logique ?
Je travaille la matière première.
Je suis derrière ce qui est derrière la pensée.

Clarice Lispector,
Água Viva

À nos amies

Claire

Je parle trop vite ? D'accord. Oui, vous devez taper. Je vais parler plus lentement. Non mais vous comprenez c'est que je suis nerveuse c'est tout. C'est pas comme si, comme si j'avais l'habitude de me raconter. À des inconnus. Tous les jours. Ici en plus. J'aimerais bien un verre d'eau s'il vous plaît. C'est possible ? De demander ça ? Un verre d'eau. Oui. C'est qu'il fait très très chaud chez vous. Vous ne souffrez pas de la chaleur ? Merci. Ah oui elle est fraîche elle est bien fraîche. D'accord. On y va. On a combien de temps ? Tout le temps ?

Par où commencer. Déjà, quand ces choses-là arrivent, on ne sait pas qu'elles sont en train de se produire. On ignore que c'est le dernier jour. Ce n'est pas net. On ne se dit pas : c'est maintenant. Ce n'est pas évident. C'est long avant de se dire : c'est vrai. Ce que je pensais correspond bien à ce qui est en train de se produire.

On ne sait jamais avec certitude quand les gens partent pour toujours. Ils ne le formulent pas explicitement, ils ne vous arrangent pas les choses. Ils vous disent juste : à tout à l'heure ! Ou : à plus, je vais acheter le pain. Ou bien : je vais sortir le chien. Et puis ils ajoutent : au revoir. Là, c'est différent. Parce que pour eux, ce petit bout de phrase, c'est décisif, c'est toute leur vie. Tout se joue là, dans ces deux mots. Au. Revoir. Eux savent que c'est le dernier jour, et nous pas. Pourtant, ça arrive, qu'on se demande, au plus caché de soi, quand la personne ferme la porte, quand elle prend sa voiture, quand elle monte sur son vélo : et si elle ne revenait jamais ? Et si elle avait un accident ? Et si elle décidait de juste poursuivre sa route pour toujours ? De ne jamais reprendre le chemin inverse ? Vers moi, vers nous ? Cette pensée me traversait souvent. Même à vous, je suis sûre, ça arrive. Quand votre femme part faire le marché. Au début, vous vous dites : « enfin seul », et puis ensuite, au bout d'une heure ou deux, vous vous demandez pourquoi c'est si long. Que fait l'autre ? Qui voit l'autre ? Qui es-tu, enfin ? Et quand on prend soi-même la route, on se dit, parfois : et si j'allais à l'aéroport prendre un aller simple pour n'importe où ? Moi aussi, je changerais bien de vie. Il y a toujours cette possibilité, et puis non. On reste. La seule idée de cette liberté nous suffit. Parfois aussi, je dois être honnête, du fond du sommeil ou de l'ivresse, dans cet instant de lucidité où la vérité s'impose, il m'est arrivé d'espérer que Thomas parte. C'est une petite porte, cette pensée. Un moment interdit. Sauf que ce jour-là Thomas l'a prise, il a ouvert la petite porte interdite et il est parti. Soudain ce qui n'était qu'une possibilité, une inquiétude sourde, est devenu réel. L'autre s'évade, et c'est ça, la folie, qui devient réel.

Moins vite ? D'accord. Thomas, donc. Après vingt ans de mariage, j'ai eu plus d'une fois l'occasion de me dire ce genre de chose. Comme tout le monde. Sauf que c'est juste la possibilité mentale qui soulage, vous comprenez. Le fait que ce soit envisageable. Pas la réalité. On se ravise quand ça arrive pour de vrai. Je n'ai jamais vraiment voulu que Thomas disparaisse, évidemment, vous imaginez le choc. Je n'imaginais pas ma vie sans sa présence, si quotidienne, depuis toujours. Ce membre qui fait partie de moi, d'ailleurs on dit bien un « membre de la famille », cette expression bizarre. Est-ce que j'avais envie de vivre avec un bras en moins ? Est-ce que je ne choisirais pas de mourir plutôt que de devoir tout réapprendre, à vivre, à penser, à me penser ?

Comment ? Non. Pourquoi on aurait refusé de venir ? Vous nous convoquez, donc on vient. Je pensais à la déposition depuis un moment, et puis, je me disais, ça ne peut pas rester comme ça trop longtemps. Je savais qu'un jour vous m'auriez appelée, et puis c'est arrivé. Je m'y attendais. J'ai passé deux ans à l'attendre. Honnêtement, je pensais être convoquée avant, mais là c'est arrivé au bon moment en plus, parce qu'il faut vraiment qu'on aille de l'avant, avec le divorce, et les dettes, et tout ça. C'est fréquent, il paraît. Beaucoup de gens disparaissent, ils ne reviennent pas, on ne les retrouve pas. Et ils ont le droit, je veux dire, c'est prévu par la loi. Ils ont le droit de disparaître. Ça c'est quand on y réfléchit de manière lucide et calme, comme maintenant, enfin à peu près. Ce n'est pas non plus la panacée d'être ici, croyez-moi, ça me remue, et puis je n'aime pas me répandre. En tout cas, quand j'ai compris que Thomas ne reviendrait pas, que je ne le reverrais probablement jamais, je me suis souvenue avec une acuité terrifiante, terrifiante vraiment c'est le mot, des détails de la dernière heure, de la dernière minute. J'ai revu avec précision son dernier regard, et tout ce qui m'avait semblé si anodin. Quel pull, quelles chaussures, quelle intonation de voix, quel regard ? Avait-il dit quelque chose de suspect ? Tout ce qui était insignifiant était soudain devenu de la plus haute importance. Quand on vous abandonne, il ne vous reste que cela. Ces riens-là. Les dernières images, comme des photographies. Ce sont des instants tellement simples, tellement humiliants de banalité. D'habitude il n'y a pas de consistance à ces souvenirs. Pas de mots, pas d'émotions distinctes – rien qu'une impression vague. J'ai regardé ma montre, je me suis dit : merde, il avait bien dit dix-neuf heures ? Sauf qu'il était vingt heures, puis minuit, puis trois heures. J'ai eu très peur, mais pas comme d'habitude. Pas de manière existentielle, du genre, est-ce qu'on s'aime encore, est-ce que je vais arriver à tenir une minute de plus ? Je ne me disais pas, j'aurais pu choisir une autre vie, être avec quelqu'un d'autre, ne pas me marier, et tout regretter soudain, toute la vie ensemble. Son départ, concret, rendait Thomas incroyablement présent, indispensable. C'est comme si d'un coup, par son absence, il apparaissait. Comme un étranger, un autre homme.

Quand j'étais plus jeune je rêvais d'être une de ces filles qu'on n'imagine pas être en couple. Comme, je ne sais pas moi, Florence Aubenas. Ou Peggy Whitson. Sauf que je ne suis ni reporter de guerre ni astronaute. À ce moment, à dix-neuf heures trente, à vingt heures, à vingt heures trente, j'étais juste Claire Cassar, l'ex-prof devenue vigneronne, mariée depuis vingt ans. Une femme ordinaire qui l'attendait devant ses casseroles. La seule chose que je me suis dite c'est : qu'est-ce qu'il fout. Pourquoi il ne répond pas ? Il me fatigue, tant pis, commencez à manger les enfants, je ne sais pas ce que fait votre père. On ne pense pas à plus grave. On ne peut pas imaginer l'insoupçonnable.

Oui. C'était il y a deux ans. Non, je n'étais pas pressée comme vous dites. Je vous remercierai de garder vos petites réflexions parce que ça ne va pas bien se passer si on commence comme ça. Oui je suis très calme. J'ai mis du temps parce que, tant que je ne venais pas ici, comment dire, c'est comme si Thomas n'avait pas vraiment disparu. Tant que je n'officialisais pas sa disparition, je me disais qu'il restait un espace, un espoir. Il allait revenir. Tous ces mois, ces vingt-quatre longs mois, j'y ai cru. En faisant cette déposition, parce que, je le répète, vous nous avez convoquées, mes amies et moi, c'est comme si j'abdiquais. Je le fais parce qu'il faut bien mettre les choses en ordre. L'administratif, tout ça. Et puis des huissiers sont passés, c'était très stressant, on a compris que c'était fini la plaisanterie. On a besoin d'argent à la Commune, je dois vendre la maison, divorcer, ça nous aidera, on pourra tenir encore. Et puis, moi, ça me permettra de, je crois bien, comment dire, de rendre les choses concrètes, comme vous dites. De passer à autre chose. De sortir de cette espèce de prison de la fiction. Y penser sans cesse. Tous les jours. Refaire le film. C'est épuisant. Je suis très très fatiguée vous comprenez. De penser sans cesse à un absent. Au pourquoi du comment du qu'est-ce que j'ai fait ou pas fait, et pourquoi c'est ma faute.

Vous écrivez vraiment tout ce que je dis ?

Pour resituer les choses, *a priori*, Thomas a dû agir vite. Le matin, il était à la maison, il dormait encore quand j'ai emmené Léo et Hortense au lycée. Ensuite, il a dû attendre que je parte aux vignes, qui sont à dix kilomètres. Son départ, sa fuite, sa fugue, je ne sais pas comment l'appeler, a dû se décider à ce moment-là. Entre neuf heures et dix-sept heures. Il est informaticien. Oui, je l'ai appelé. Évidemment que je l'ai appelé. Je suis tombée sur son répondeur, je n'ai pas insisté. De toute façon, dans les deux ans qui ont précédé son départ, il s'absentait souvent. Il avait été licencié, il l'avait très mal vécu, et il cherchait du travail partout. Le soir, souvent, il me disait qu'il avait un dîner avec d'anciens collègues, des camarades de fac, des amis d'amis, que c'était comme ça qu'il retrouverait un job. Il était dans les bouchons, il allait assister à une conférence – et moi, je l'encourageais, parce qu'il était plutôt du genre casanier, vous voyez. Ces efforts vers les autres, c'était un sursaut de vie. J'étais heureuse de voir Thomas sortir de sa léthargie, retrouver un peu de plaisir, d'estime de lui-même. J'ai chaud, excusez-moi. Il faut que je me concentre. C'est difficile de revenir sur tout ça, j'ai tellement changé depuis. J'ai changé de vie, j'ai changé tout court, je ne suis plus la même et tout ça c'est loin même si ce n'est pas si loin, c'est comme si je vous parlais d'une autre personne, d'une autre Claire.

Bien sûr, j'étais préoccupée par ses absences mais de manière floue, comme si un petit nuage embrumait ma vue. On est toujours tirés par ce qu'il faut faire en dehors, au-dehors. Je n'étais pas vraiment inquiète. Je veux dire, au fond de mon cerveau, peut-être un peu. Une sorte de petite voix oui, c'est vrai, qui était là depuis longtemps, mais elle était loin. Il y a toujours une tragédie de fond qui se joue, surtout quand ça va bien. Non ? C'est difficile d'être heureux, je veux dire, de jouir d'une plénitude totale et béate. Tout peut s'arrêter toujours. J'aimerais être sereine mais je ne suis jamais tranquille. Quand je suis heureuse je me méfie. Il va se passer quelque chose d'horrible, le toit va nous tomber sur la tête. La preuve.

Au moment de son départ, c'était une période où je me blessais souvent, au chai, à la vigne, avec les outils. Alors que ça ne m'arrivait jamais. Je suis quelqu'un d'attentif et de concentré d'habitude. Là j'oubliais les taux, les mesures, j'étais distraite sans savoir pourquoi exactement. Et dans les moments délicats, techniques, qui demandaient d'être méticuleuse, il m'arrivait de faire des erreurs, de perdre pied. C'est dangereux un chai, on peut se blesser, on peut même mourir, tomber dans une cuve, trébucher, j'ai plein de copains... Parfois je me disais : merde, je suis en train de vriller. Je pensais que c'était à cause du gaz carbonique, parfois ça fait tourner la tête, mais plus j'y pense, non. Il y avait autre chose, je ne sais pas quoi, je ne sais pas quoi encore exactement et d'une certaine manière, je suis là aussi pour ça. Pour savoir. Pour que vous me disiez les choses. Pour que j'affronte la vérité. Je suis prête à l'entendre. C'est pour ça que je ne suis pas venue avant. Quelque chose m'inquiétait de manière vague avant son départ. Vous me proposez une enquête, écoutez je ne sais pas vraiment ce que ça implique, moi je ne suis là que pour la déclaration de disparition. Mais au fond bien sûr que je voudrais connaître le fond de l'affaire, bien sûr que, si vous mettez la main sur la pièce manquante, je me sentirai libérée. Je crois.

Le détail qui me rassurait, dans les heures qui ont suivi le départ de mon mari, c'est qu'il n'avait pas pris ses affaires. Je veux dire, tout était resté dans le dressing. Ses vêtements, ses valises. Il n'avait pas préparé un déménagement. Il était parti avec son portefeuille et son téléphone. Avec toutes ces absences depuis des mois, j'avais commencé à m'imaginer des histoires. J'ai pensé à toutes les hypothèses, comme vous le faites, là. Sauf que, et là je vais peut-être vous surprendre, c'est que ça ne me gênait pas outre mesure. C'est agréable aussi d'être seule. Non, là j'enjolive les choses. Ça fait longtemps qu'il est parti, c'est pour ça. Il ne reviendra pas, on est d'accord. Vous le pensez aussi ? C'est quoi, la statistique ? Il n'y a pas de statistique ?

Le plus dur dans cette affaire, c'est que je ne sais pas s'il est mort, ou s'il vit heureux sur une île déserte avec huit femmes, ou bien s'il erre en ermite dans la forêt des Cévennes. Dans tous les cas il faut qu'on agisse, qu'on fasse quelque chose. Oui oui, j'ai lu la loi, je sais. Que toute personne disparue et retrouvée peut refuser que l'on communique son adresse à ceux qui le recherchent. Le *droit de disparaître*. C'est assez beau, non ? Une de ces petites bulles poétiques de la loi. Je sais qu'il faut attendre beaucoup plus, dix ans, vingt ans pour le déclarer décédé, mais ce n'est pas ce que je veux. Comment voulez-vous que je m'imagine un truc pareil. Je veux juste faire ce que vous me direz de faire. Le jugement déclaratif d'absence. Oui c'est ça. Pour divorcer. D'un absent. Il faut que je m'occupe de la paperasse. Je vous l'ai dit déjà. On a besoin d'argent à la Commune, pour s'organiser. Ben oui. S'il revient il faudra qu'il récupère la moitié de la vente. J'ai lu tout ça, vous pensez bien. Comment ça, inquiétant ? Toutes les disparitions sont inquiétantes. Je ne m'énerve pas. Je suis calme, archi-calme, archi-archi-calme même. Si je comprends bien, on va passer d'une disparition volontaire à une disparition inquiétante. Ça prolonge les délais, ça ? Vous allez regarder dans ses comptes bancaires, son relevé de téléphone ? Moi je n'y ai pas accès, je ne connais pas ses codes. C'est comme si Thomas s'était volatilisé.

Quand il partait, d'habitude, il m'appelait. Là, non. C'était ça, le signal d'alarme. L'indice absolu. J'ai attendu toute la nuit. Je me réveillais toutes les heures. J'envoyais des SMS et puis j'ai arrêté. J'étais fatiguée aussi, c'est crevant de vivre quand même. Il y a eu la première nuit, il n'était pas là, j'entendais le silence. C'était inconcevable. Je me disais : il est mort, c'est ça l'explication. Il n'y en a pas d'autre. J'ai appelé tous les hôpitaux du coin, ça me gênait parce que je ne voulais pas avoir l'air hystérique, la folle qui s'angoisse, mais en même temps c'était justifié, et évidemment il n'y avait personne qui répondait au nom de Thomas Cassar dans aucun hôpital du coin. Et surtout, dès le lendemain matin il fallait continuer à vivre, faire comme d'habitude. J'ai déposé les enfants à l'école comme si tout était normal, pour ne pas les inquiéter. J'ai inventé un truc, je ne sais pas quoi. Léo, mon fils, il avait quatorze ans quand c'est arrivé, oui, Léo avec un *e* accent aigu s'il vous plaît, non parce qu'il y tient. Voilà. Léo m'a demandé pourquoi je ne parlais pas. Hortense regardait par la fenêtre. Son beau visage, de profil, avait la douceur des traits de Thomas. Léo avait refusé d'attacher sa ceinture, j'imagine que c'était pour que je réagisse, pour me sortir de ma torpeur. J'ai voulu écouter la radio et puis pas, je me suis dit, ils vont annoncer un accident, un truc que je n'aurai pas vu, pas ressenti au fond de ma chair. J'ai rallumé, ils ont parlé du Jour de l'Oural, j'ai éteint. Je me suis dit, cette journée aura donc un nom, elle sera gravée dans l'Histoire. Non seulement pour moi mais aussi pour d'autres que moi, la grande Histoire supplantera toujours la petite. Thomas serait associé à ce jour-là, il serait parti le « Jour de l'Oural », tandis que pour les autres ce serait bien plus grave, un jour plus important qui engloberait la Terre entière. Je me disais égoïstement que ma petite histoire ne trouverait jamais sa place dans la grande.

Au village il n'y avait qu'un café-tabac où je n'avais pas l'habitude de traîner. Je ne me voyais pas non plus aller toquer aux portes pour me confier aux voisins. Avec Thomas je ne savais jamais ce que je pouvais dire et ce que je ne pouvais pas dire, à cause de son métier, à cause de son passé. Il me contrôlait beaucoup, il disait souvent : ne répète jamais ça à personne. Mais rien. Des petites choses banales, sur son travail, sur la vie quotidienne. Je ne voyais jamais où était le problème, souvent ça m'apparaissait comme la chose la plus inoffensive du monde. Il était fuyant, il pouvait être très mutique vous voyez, perdu dans ses pensées, à fixer un point imaginaire et puis soudain, se mettre en colère, entrer dans des fureurs terribles. Je n'avais jamais accès au fond de sa pensée, malgré vingt ans de vie commune quelque chose m'échappait encore chez lui. Mais est-ce que ce n'est pas ainsi pour tous les couples ? On vit ensemble mais on ne se connaît pas, il y a dix mille couches auxquelles on n'aura pas accès chez l'autre, heureusement d'ailleurs parce que sinon mon Dieu.

Et puis, est-ce que lui se passionnait pour mon métier, ou pour ce qui se passait dans mon quotidien de vigneronne ? Jamais. La vigne, ça ne l'intéressait pas. Alors que c'est toute ma vie. Je ne pense qu'à ça. Quand quelque chose d'aussi important s'introduit au milieu d'un couple, au milieu de la vie, ça nous accapare, comme un amour, comme une troisième personne. Pendant les deux ans qui ont suivi sa disparition, je me suis beaucoup tourmentée, je me suis beaucoup accusée de m'être détournée de Thomas. Il était parti parce que je l'avais négligé. Des gens l'ont suggéré, avec la plus grande méchanceté. Qui ? Oh, plein de gens. Je ne sais pas moi. Ma mère par exemple. Et puis il y a un mois, quand on a été convoquées ici, Joan et Hélène ne voulaient pas venir, mais quand je leur ai dit que ça nous ramènerait potentiellement du blé, elles ont abdiqué. En tout cas ça a été l'élément déclencheur pour qu'on aille de l'avant. Le truc matériel, vous voyez. Pragmatique.

Le lendemain de la disparition je ne savais pas à qui parler, alors j'ai appelé Hélène justement. Ils ont toujours été proches, Thomas et elle. Elle était surprise de mon appel, il faut dire qu'on ne s'était pas vues depuis des années. Elle a dit : « Oui bien sûr *darling*, viens ! » sans savoir pourquoi, sans savoir que Thomas était parti. J'hésitais à l'appeler parce que j'avais le sentiment que, si j'en parlais à quelqu'un, la chose devenait réelle. Tant que je gardais cette histoire pour moi, ça n'existait pas. Là, en m'ouvrant à Hélène, ça prenait vie, dans la vie. Jusqu'à la dernière minute, je me disais encore : « Il va revenir, il aura une histoire abracadabrante mais il va revenir et tout va rentrer dans l'ordre. » Hélène, au téléphone, sa voix était un peu écorchée, voilée par toutes ces années de cigarettes… J'étais soulagée d'apprendre qu'elle n'était pas fâchée, je n'étais pas fâchée non plus, juste l'amitié, je veux dire, c'est comme ça, ça se délite, c'est fluctuant. Mais elle ne m'en a pas fait le reproche ni rien. On était heureuses de se reparler, je crois. Les premières années dans une exploitation agricole, ça porte bien son nom. Je n'avais jamais de temps pour moi et puis j'étais tout le temps la tête dans mes vignes, tout le temps inquiète. Bref, j'ai trouvé ça assez élégant qu'elle m'invite chez elle, à Paris. Tout de suite. Peut-être même qu'elle attendait ça depuis longtemps, que j'aille la voir après tout ce temps. J'avais besoin de son amitié connue, quelque chose d'ancien qui ne nécessitait pas que je me contienne. Je me disais, peut-être qu'elle sait des choses sur Thomas que j'ignore, les amis c'est souvent comme ça.

J'avais la journée pour faire l'aller-retour entre Valroye et Paris. Valroye c'est un petit village isolé près de Tours, loin de tout. Sur la route j'ai eu une pensée un peu triste, je me suis dit : Hélène est ma seule amie. J'ai eu les larmes aux yeux à cette idée. On s'était coupés du monde, à Valroye, avec Thomas et les enfants. On vivait entre nous. On ne s'est jamais ancrés dans le village. Plus j'y pense, plus je réalise à quel point Thomas était peu ouvert, peu accueillant, tyrannique. Il ne voulait jamais qu'on invite du monde. C'était mort comme ambiance. Mes parents vivaient à trois rues, mais nous rapprocher d'eux géographiquement avait créé un sentiment inverse de distance. Avant, quand j'étais prof, on pouvait toujours se téléphoner pour se raconter des banalités. Quand j'ai tout quitté pour reprendre leurs vignes, nous étions obligés de partager un monde, le leur. On s'imagine que c'est ce que les paysans veulent, transmettre une terre, mais c'est beaucoup plus compliqué que ça. Eux avaient vécu l'agriculture comme une obligation, une fatalité. Nous payer des études, c'était leur réussite. On allait s'élever, on allait partir de ce monde dur et rural qu'ils détestaient. Ils ne me pardonnaient pas ce « coup de grâce » disait ma mère, vous parlez d'un vocabulaire, comme si ça allait l'achever que je revienne travailler la terre. Pour eux, être paysans c'était la honte, il fallait se débarrasser de cette tache. Ils n'avaient pas connu l'espèce de glamour dont jouissent les vignerons aujourd'hui, où il y a même des stars et tout. Eux avaient vécu à la dure, loin de toute forme de publicité, vendant une bonne partie de leur production à la coopérative.

Le pire, ce fut la réaction des gens du village, quand ils nous ont vus arriver avec Thomas et les enfants. Même si j'avais grandi là, nous étions au mieux les étrangers, au pire les profiteurs, en tout cas les gens de la ville qui ne savaient rien faire et qui n'allaient certainement pas se mettre à récurer des fûts. Évidemment, ils étaient toujours tous gentils avec nous. On nous souriait, on demandait des nouvelles des enfants. Ce n'était pas une haine ouverte, juste une sensation de méfiance un peu partout, à l'épicerie, à la station-service, au bureau de poste. Nous étions partis, et maintenant que les terres se faisaient rares, nous étions les parias, les « Parisiens de retour » qui allaient faire grimper le prix du foncier ! J'ai fait toutes les formations et ce n'était pas assez, je n'étais jamais considérée comme vigneronne. Personne n'a voulu de moi en stage, c'était l'enfer. Revenir chez soi c'est l'enfer. Il n'y a pas de maison, il n'y a pas de terre natales. C'est ça le drame. Il faut arrêter de croire à cette idée stupide de Terre promise. Quand on quitte la ville pour revenir dans le village de son enfance, on se dit : je vais retrouver le confort d'avant, revenir là où il est légitime que je vive, mais ça ne fonctionne pas comme ça, quand on trahit on trahit. On est restés longtemps « les Parisiens ». Même Léo et Hortense en ont souffert au début, à l'école, ils étaient ostracisés à mort. Et puis Thomas n'a rien fait pour aider les choses. Il a refusé toutes les invitations à dîner, mais aussi de s'impliquer dans les associations, les parents d'élèves, la mairie. Comment ? Je vous l'ai dit, il était informaticien, enfin, développeur, oui des lignes de code, tout ça. Je n'ai jamais vraiment compris ce qu'il faisait. Il vivait comme un ours dans sa tanière. J'imagine qu'on le voyait comme un type pédant. Ce qu'il est, d'une certaine manière.

Non mais je vois que vous vous impatientez alors que, bon, il faut bien que vous compreniez le personnage, si vous ouvrez une enquête je dois planter le décor, comme on dit, sinon vous allez prendre un mauvais chemin et on va perdre du temps. Donc. J'arrive chez Hélène, à Paris, après deux heures de route. Hélène, contrairement à Thomas et moi et Joan et tous nos amis, n'avait pas changé. Elle vivait depuis vingt ans dans son studio d'étudiante. Elle ne s'était pas mariée, n'avait pas eu d'enfant et avait fini par lâcher l'Éducation nationale à trente ans pour devenir actrice. Quand elle m'avait annoncé ça, qu'elle arrêtait l'enseignement, je me rappelle je m'étais dit : au secours. C'est fou comme on juge les gens. Elle faisait du théâtre de rue, elle vivotait dans les mouvements alternatifs, tout ça, bon, c'était pas la Comédie-Française, quoi. Donc j'arrive à Paris. En cherchant une place pour me garer, j'ai eu un pincement au cœur en passant devant l'école maternelle des enfants. Des planches en bois avaient été clouées aux fenêtres. C'était étrange de voir la ville défigurée ainsi, vidée de ses familles. Le quartier d'Hélène était à peine reconnaissable. Je suis sortie de ma voiture pour fumer. Le bar que j'adorais, en bas de chez elle, avait fermé. Hélène m'a envoyé un message pour me dire qu'elle en avait pour cinq minutes. Il s'est mis à pleuvoir, j'ai attendu trente minutes dans la voiture, et elle m'énervait déjà. Je me disais : elle, elle ne sait pas ce que c'est que d'avoir des enfants, un dîner à préparer, un mari qui se barre, des responsabilités, la vraie vie, gnagnagna. L'idée de vivre dans un studio d'étudiante sans projet, sans travail, sans mec, je trouvais ça hyper-pathétique. Tout ce qui nous avait éloignées depuis la fin de nos études remontait d'un bloc, avec l'amertume, avec la rancœur. Plus j'y pensais, plus je la jugeais, et plus je la jugeais plus je fumais, et la voiture s'emplissait ainsi d'un nuage dégueulasse de pensées horribles. J'ai failli hurler quand je l'ai vue arriver, pas pressée, au téléphone, d'un pas leste, tranquille, comme tous ceux qui n'ont pas de scrupules lorsqu'ils sont en retard parce qu'ils se savent attendus quoi qu'il arrive. On leur pardonnera, ils seront toujours attendus, ils auront toujours des amis. Les amis d'Hélène c'est Joan et moi, et un paquet de gens étranges aussi, souvent seuls, souvent tristes. Des gens trop faibles ou trop seuls pour avoir le courage de l'abandonner. Quand elle s'est penchée vers moi pour m'embrasser, j'ai eu un choc en réalisant à quel point, depuis vingt ans, elle avait conservé le même visage exalté, harmonieux ; des pommettes hautes sous ses yeux brillants ; un front large et expressif, marqué par l'intelligence ; une bonne humeur inexplicable, venue de loin. Hélène, de toute évidence, avait trouvé quelque chose d'heureux dans sa vie, une paix. Et, par contraste, pas moi. Ça m'a donné un coup au cœur. Alors que j'étais casée et que je ne manquais de rien, elle m'a semblé infiniment plus sereine que moi. Elle portait un grand manteau rouge piment et une sorte de boubou improbable sur la tête. Son téléphone a sonné, elle m'a fait un signe, « Désolée ». Je suis restée là à attendre comme une conne qu'elle finisse sa conversation alors qu'on ne s'était pas vues depuis des années. Ça m'a vexée. Au téléphone, elle répétait : « C'est clair, c'est clair », et je ne pouvais m'empêcher de sursauter en entendant mon prénom. J'avais envie de lui dire : « Oui, c'est Claire, c'est moi, je suis là ! Regarde-moi ! » Elle tenait un filet de courses rose fluo avec les légumes distribués gratuitement par la Ville de Paris.

Quand elle a enfin raccroché, elle m'a souri d'un air forcé. Elle voulait cacher quelque chose, je n'arrivais pas à savoir quoi. J'ai dit : « C'est grave ? » J'avais fait deux heures de route pour venir chercher du réconfort et il fallait encore que je sois la fille gentille, celle qui est là pour elle, qui l'écoute, qui s'inquiète, alors que j'étais au fond du gouffre. Si elle ne me prenait pas dans ses bras dans les dix secondes j'allais m'écrouler. Je ne voulais pas avoir l'air trop désespérée, j'avais ma petite fierté, alors j'ai pris sur moi comme on dit. « Ça fait une éternité ! » qu'elle a dit presque en criant et elle a fait ce geste, d'ouvrir les bras. Elle m'a serrée fort et tout était oublié. Avec Hélène il y a toujours eu une tension, je veux dire, dans l'amitié on s'admire et on se mesure, en tout cas avec Hélène c'est ainsi. Je n'ai pas le droit d'être en miettes, d'être faible. Et le fait de jouer les filles solides, ça produit quelque chose de vrai, le théâtre c'est du vrai, la surface c'est du vrai. Donc on monte chez elle, et je lui raconte tout. La nuit qui vient de se passer, le fait que je m'inquiète du départ de Thomas, de ses nombreuses absences des derniers mois, de mes doutes. Et elle m'écoute, gentiment. Comme une amie. Elle m'écoute de façon pleine et généreuse. C'est rare. Et elle me rassure. Me dit que ce n'est probablement rien de grave. Alors par politesse je lui demande de ses nouvelles, sauf que quand elle parle, je ne suis pas là. Je ne l'écoute pas. Je suis tout à ma tragédie. Je sais qu'elle possède des informations sur Thomas, qu'elle a été parfois sa confidente, qu'ils partagent des choses. Au fond, j'espère qu'elle me ment, pour me protéger. Je guette à tout moment une réaction, mais Hélène est actrice, et elle est parfaite dans son rôle d'amie éplorée, à la bonne distance, tendre en même temps que compréhensive et câline, avec sa voix de velours qui m'enveloppe.

À un moment, j'ai eu un mouvement de recul : j'étais étonnée d'être là. Une sorte de saut dans le temps. Ce sentiment était accentué par le fait que, dans son appartement, je retrouvais le même bric-à-brac d'objets disparates qu'avant, rassemblés au hasard de ses voyages et de ses rencontres, nombreuses et éparpillées. Une maison à l'image de sa vie chaotique. « Les magasins sont vides, on se bat pour avoir une pomme, franchement je ne pensais pas connaître ça de mon vivant » qu'elle disait, d'un air las. Je ne pouvais pas m'empêcher de guetter à tout moment, même une seconde, même furtivement, la joie cachée d'Hélène devant le naufrage de mon mariage. Je craignais de percevoir cette chose involontaire chez elle, le plaisir sadique de me voir échouer. Que le modèle, conservateur, dominant, que j'avais choisi, au détriment du sien, n'était pas le bon. Comme si des années de sourde rivalité se confondaient soudain, que les choses s'égalisaient entre nous. Hélène, l'ado éternelle, triomphait. Pour une fois, elle avait eu raison de ne pas choisir ce chemin-là. À un moment je me suis demandé : est-ce que je suis venue pour lui faire plaisir ? Pour rendre quelqu'un heureux devant le spectacle de ma déchéance ? Mais ça, ce dont je vous parle, cette chose que je guette avec inquiétude, cette cruauté, il faut que je sois honnête, ça ne vient pas. Et quand, dans la cage d'escalier en sortant, j'ai fini par dire : « Cette fois c'est fichu, on ne va pas s'en sortir », elle a répondu, le plus sereinement du monde : « Mais moi, je suis là. » Ça m'a bouleversée.

Hélène

La première fois que j'ai vu Thomas, c'était avec Claire, à la fac. Ils étaient déjà en couple. Dans les couloirs, le soir après les cours, une petite ambiance avait commencé à s'installer. C'était le début de quelque chose, un de ces premiers indices qui annoncent un changement de cap, un soulèvement à venir. J'étais contente qu'il y ait enfin d'autres sujets de conversation que les concours. De jour en jour, des pupitres s'empilaient dans les couloirs et formaient des sculptures abstraites. Avec Claire on distribuait des tracts et on écrivait des choses sur les murs. Elle était beaucoup plus revêche qu'aujourd'hui. Elle avait ce côté sombre et cynique qui devait lui rester de son adolescence, une sorte de haine permanente. Je ne crois pas qu'elle s'aimait beaucoup. Ce que je veux dire c'est qu'elle n'était pas calme. Claire, ce n'était pas une fille douce. Elle était toujours en train de râler. On partageait une passion pour les manifs, et ma foi, Claire avait fait ce

qu'il fallait pour la cause. Je l'estimais beaucoup, elle avait pris des risques. Le soir, après nos journées à beugler dans les mégaphones, on discutait pendant des heures à la résidence universitaire.
Vous pouvez tirer le rideau, s'il vous plaît ? Un peu, juste un peu. Merci. J'ai mal au crâne à cause du soleil. Je reprends. Un soir, face à des négociations qui n'avancent pas, des étudiants annoncent qu'ils vont, en guise de représailles, occuper durablement les salles de la faculté. Claire était dans les premières à vouloir dormir là-bas. Moi, je ne sais pas. J'étais contente de rentrer chez moi parfois. De prendre une douche, de retrouver mes affaires, le silence. Claire, non. Elle faisait tout à l'excès. Thomas, lui, avait choisi de ne pas nous suivre. Il finissait sa thèse de mathématiques, ça ne l'intéressait pas beaucoup de faire la révolution. Il était déjà vieux, malgré son corps juvénile, c'était déjà un adulte. Il n'y avait rien de flamboyant, d'excessif en lui. C'est pour ça que sa disparition est si stupéfiante. Il a dû prévoir le coup des années à l'avance, je ne l'imagine pas partir les mains dans les poches, vagabonder par les routes, grimper sur un bateau, vivre une vie d'aventurier. C'est aussi pour ça que je pense que c'est grave, probablement très grave, et que cette disparition est, de fait, inquiétante comme vous dites. Il faut absolument ouvrir une enquête. J'en veux à Claire d'avoir attendu deux ans, c'est trop long, ça prouve bien son peu d'amour, sa culpabilité dans

cette affaire. Excusez-moi mais je vais être très sincère ici. Je vais dire les choses comme je les pense, je ne suis pas du genre à, hein, « tourner autour de la cuillère » comme dit Joan. D'un côté, je souhaite en avoir le cœur net, de l'autre je m'inquiète pour Joan, pour ses papiers. Mais ça y est on a fait le chemin, on est là, on veut que ça se règle, on a besoin de cash en plus, j'imagine que Claire vous a déjà tout expliqué. Donc on est à la fac. Les premiers jours, la fête est permanente. On danse sur les chaises, sur les tables, sur les bureaux des professeurs. La révolution, au début, c'est toujours joyeux. Beaucoup de sympathisants, parfois juste des fêtards, se mêlent à nous. Ils ne sont pas sensibles à nos luttes, mais ils nous apportent à manger, ou au contraire, parfois ils pillent, ou bien ils sont là juste pour rien, de manière opportuniste. Les choses s'équilibraient entre ceux qui voulaient bien faire et les autres, si bien que rien ne versait dans le chaos. C'est un peu ce qu'on a cherché à recréer à la Commune, c'est pour ça que ça marche bien aujourd'hui, enfin presque. Si Claire réussit à vendre sa baraque, on est sortis d'affaire. C'est pour ça que cette déposition est si importante. Et aussi, mais ça il ne faut pas le dire à Claire, ne l'écrivez pas dans le rapport s'il vous plaît, parce que je m'inquiète pour Thomas. Ce n'est pas qu'un salaud. C'est tellement complexe ces histoires-là.

En tout cas, une chose est sûre, c'est que pour Claire et moi, ces souvenirs-là, à la fac, ont été fondateurs dans notre amitié. C'est notre mythe. On y pense quand on doit se rappeler toutes les raisons pour lesquelles ça dure. Je ne sais pas, vous, vous êtes flic, vous aimez l'ordre, vous ne représentez pas tellement les gens vers lesquels nous étions naturellement portées, vous comprenez. Ça m'étonnerait que vous ayez connu ce frisson, celui de se dire qu'on peut renverser l'ordre. C'est très adolescent ce que je vous dis mais on parle bien d'un commencement, des raisons pour lesquelles je suis là devant vous aujourd'hui. Quand on a en tête des souvenirs comme ça, quand la direction de la fac avait plié, c'était irréel de joie. Tous les jours, on se rassemblait dans les amphis, on discutait sur un ton très courtois avec la direction, malgré la teneur des enjeux. Rapidement, la fac était devenue notre lieu de vie, donc il avait fallu s'organiser : qui fait quoi, qui négocie, qui s'occupe d'imprimer des tracts, qui peut parler à la presse ? Mais aussi, qui va faire le ménage, la cuisine, les poubelles ? C'était comme une petite société à inventer. Soudain, les cours de philosophie prenaient vie, on construisait la Cité. On se retrouvait à mettre en pratique des sujets de dissertation tels que : « Comment s'organiser sans contraindre ? » Ou : « Comment abolir la police ? » D'une certaine manière, c'est pareil aujourd'hui. On est restées des étudiantes, après un long détour, pour Claire, dans la vie raisonnable, adulte, de femme mariée, de mère, de propriétaire, de fonctionnaire puis de vigneronne. Moi pas. Comment ça, mon métier ? Non mais vous le savez très bien, arrêtez de faire semblant les gars, ça va. J'ai pas de métier, je gagne ma vie, c'est différent. Claire passe mieux que moi, dans les situations de pouvoir. J'imagine que vous vous en êtes rendu compte. Elle peut être assez chic en tant que diplomate. Elle est capable de ça. Elle retrouve en deux secondes son petit style de prof, avec son accent pointu de normalienne, dès lors qu'il s'agit de parler aux journalistes, aux syndicats, aux directeurs, à n'importe qui d'un peu gradé. Même avec vous, je suis sûre, elle devait avoir son petit air pincé, je la vois trop. Quand j'étais jeune, j'admirais Claire. Je m'étais dit, je vais devenir prof de français pour lui ressembler, pour faire comme elle. Je voulais devenir respectable. C'est bien, ça, prof de français. Comme job. Les profs de français c'est plein de gens qui rêvent de faire autre chose que prof de français, d'ailleurs je ne me suis pas trompée. Ils pensent que le soir et le week-end, et pendant les vacances, ils pourront écrire des romans ou faire des documentaires. Sauf que, au final, ils choisissent de faire des enfants.

Après le diplôme, Claire a enseigné dans un lycée du nord de la France et on s'est perdues de vue. Mais pour toute la vie on savait qu'on serait désormais soudées par ce lien politique, idéaliste, dans notre chair, qui nous avait marquées très fort, une guerre de tranchées. J'étais persuadée que ce que nous avions vécu avait fondé quelque chose d'éternel entre nous, peu importait le reste de la vie et par ailleurs, ça s'est révélé vrai. Tenir un siège pendant deux mois dans une université, c'est très dur. Les premiers jours, au début, c'est amusant. Puis peu à peu ça devient l'enfer. Les conditions sont inhumaines, pas assez de nourriture, de sommeil, de douceur. Tout était fait pour que l'occupation cesse, que nous nous entre-tuions. Nous étions épuisées mais Claire tenait, elle ne craquait pas. Moi je chialais tout le temps.

Ce siège a été une sorte de test pour ce qui nous arriverait vingt ans plus tard. Ça nous a permis d'éviter les erreurs qui auraient pu faire échouer la Commune. À la fac, des hommes, des hommes jeunes – je ne dis pas que c'est toujours la faute des hommes jeunes mais il se trouve que de fait, c'en était – des hommes qui étaient jeunes, donc, ont fini par gangrener le mouvement de l'intérieur, comme si le désir de dominer, chez certains, revenait naturellement, avec un attachement puéril pour les structures anciennes. Pour éviter qu'il y ait un donneur d'ordres et des gens qui obéissent, on organisait tout le temps des réunions pour désamorcer ces désirs de petits chefs en puissance. C'était épuisant, et au bout de deux mois des hommes jeunes nous ont dit : ça n'avance pas assez vite, donc on va faire en sorte de décider à votre place. On va parler à la presse, on va parler aux syndicats, on va parler à la direction. Et donc, Claire et moi, on s'est retrouvées à faire le ménage. Mais littéralement. Avec la serpillère et tout. Enfin, pas que Claire et moi, mais la plupart des gens. On revenait aux structures qu'on avait voulu fuir. Et c'est là que Claire a décidé de partir. J'étais étonnée. Je ne pensais pas qu'elle me laisserait tomber. J'ai compris plus tard que c'était pour retrouver Thomas, pour vivre son histoire d'amour. Vous vous rendez compte ? La fille qui déserte pour aller vivre sa petite histoire pourrie ! Super, les convictions politiques ! C'est vrai que je n'avais pas pris ce type au sérieux, Thomas. Il était très discret, timide, intérieur. Je ne comprenais pas ce que Claire lui trouvait. Il était strict, sec, pas *fun* du tout.

Quand Claire a quitté les manifs, j'étais tellement triste, je me sentais tellement seule. J'ai fait partie de la frange la plus dure des insurgés. La nuit, je fonçais dans cette foule désespérée que l'on frappe en retour, aveuglément, jusqu'au sang. Je ne pleurnichais plus, j'étais devenue un animal. C'est en garde à vue que j'ai rencontré Joan. L'Américaine. Elle était très spéciale, très étrangère, justement. Elle s'en prenait à nous, ses camarades, qui étions des « vieux moralistes » ou des « filles à papa ». Elle soutenait que nous n'allions pas assez loin. Pour l'instant, tout ce qu'on faisait, d'après elle, c'était faire joujou avec des pancartes. Je me rappelle ce qu'elle disait : « Vous les Français – avec son accent terrible –, vous êtes pris dans une machine imbécile de normalisation, et même les pauvres ont honte, et même les paysans ont honte. » Personne ne l'écoutait, mais moi je l'aimais bien. Les étrangers se tiennent à carreau d'habitude, ils ont peur de se faire renvoyer, mais pas Joan. Elle n'avait rien à perdre, elle serait morte plutôt que de retourner aux États-Unis. C'est une fille compliquée, avec un passé compliqué. Son père est cherokee, sa mère blanche, « *white trash* » comme elle dit. Elle porte les traits de tout ça, de ce métissage, la peau les yeux, l'accent américain, et en même temps cette chose improbable qui n'arrive qu'une fois sur un million, le vocabulaire et l'aisance de l'étudiante qui s'en sort par la découverte accidentelle des livres. Quand elle est arrivée à Paris elle étudiait dans une autre université, qui était aussi en grève. Elle n'avait aucun espoir en l'avenir ni en elle-même. Avec son visage franc, son incroyable dignité, ses jolies mains qu'elle n'avait pas peur d'abîmer, elle était à la fois très instruite et très révoltée, il n'y avait rien de gratuit dans sa violence. Je l'ai adorée pour tout ça.

Quand les manifestations se sont arrêtées, la fac, qui s'écroulait d'elle-même tant les locaux étaient vétustes, est entrée en travaux. Claire et moi avons été transhumées dans un quartier propre qui sentait le neuf. Dans ce décor aseptisé, qui faisait penser à un aéroport, qui faisait penser à un paysage mondialisé, un « *gift shop* » comme disait Joan, les cours avaient repris en toute cordialité. Joan avait eu raison : il ne s'était rien passé. On s'était amusés à faire joujou dans la rue et puis rien. Les lois étaient passées en force, nos corps s'étaient épuisés en vain, et tout cela ressemblait fort à du tourisme insurrectionnel. Comparé à ses problèmes, on avait des préoccupations superficielles, Claire et moi. Joan ne pouvait pas passer les concours parce qu'elle était étrangère, et avec son casier judiciaire bien rempli de gardes à vue pour « outrage à agent », « refus d'obtempérer », « bris », « vandalisme », « trouble à l'ordre public », « consommation de stupéfiants » et j'en passe, elle ne pouvait pas renouveler son titre de séjour. Alors elle restait là, avec nous, avec sa rage, et elle s'est énervée encore plus quand elle a appris que Claire était en couple et qu'on devenait fonctionnaires. On se rangeait, et pas elle.

Ensuite, comme je vous l'ai dit, Claire est partie dans le Nord, et moi j'avais accepté un poste dans un quartier huppé qui votait à l'extrême droite. Claire n'a pas ménagé ses propos à mon égard et soutenait que la politique, « il faut la porter dans l'action ». Ça me faisait bien rigoler, mais passons. Joan, elle, n'avait pas eu le choix. Soit elle retournait aux États-Unis, ce qui lui était impensable – elle avait vraiment fait une croix sur sa famille, son départ vers la France était volontaire et définitif pour les raisons qui la regardent, elle vous racontera. L'autre option, c'était d'entrer en clandestinité. Elle avait envisagé sérieusement la deuxième option, sans trop savoir comment s'y prendre. Avant de partir dans le Nord, Claire a fait une petite fête. Thomas est arrivé, et elle a dit « Tadam, voici mon mari ! » en riant, sauf que c'était vrai : elle s'était mariée en cinq minutes la semaine d'avant, sans rien nous dire. Elle était donc devenue, en deux semaines, à la fois fonctionnaire et mariée à cet homme muet, effacé, qui flottait dans ses habits. J'étais sidérée.

En quelques jours, on a vu Claire changer. Thomas avait complètement déteint sur elle. Ils faisaient très adultes, tous les deux. Un couple comme des parents. Sa colère d'avant s'était apaisée. Sa métamorphose était spectaculaire, même dans sa manière de s'habiller. Elle portait un chemisier et une jupe, elle ressemblait à une vraie prof. Elle avait choisi le déguisement, le masque, le maquillage, les manières, tout. Rangée, la colère. Désormais, elle commençait sa vie. Bientôt Molière, Racine, Madame de Sévigné. Bientôt les livrets et les rencontres parents-profs. Et je me disais : mais moi aussi je vais devoir faire ça ? Porter des jupes-culottes et des chemisiers en soie ? Et faire l'*appel* ? Et la discipline ? Et rendre des notes ? Sérieux.

Le lendemain, j'ai aidé Claire à faire ses cartons. Elle n'avait presque rien dans sa chambre d'étudiante. Nous

avons roulé des verres et des assiettes dans du papier chiffonné. Thomas était là aussi. J'avais l'impression que nous avions vieilli de dix ans en une nuit. On ne pouvait plus vraiment parler, l'intimité entre Claire et moi était rompue par sa présence. Je le voyais comme un parasite, c'était la fin et, au moment des adieux, j'ai su que notre jeunesse était finie.
Une partie de Claire s'est tue, avec ce mariage. Certes, elle était apaisée, mais elle avait perdu aussi une franche liberté, une spontanéité et même une fureur qu'elle n'a jamais retrouvées par la suite. Sauf peut-être cette fois-là, quand elle est revenue me voir, le lendemain du départ de Thomas. C'était fou de la retrouver comme ça, sans mari, sans enfants. Vraiment seule. Avec cette espèce de rage ancienne, comme au temps des études. Elle parlait sans discontinuer, de politique et de son mari en tournant en rond entre les sujets, un concept cherchant à en noyer un autre, posant les questions et donnant les réponses. J'ai essayé de la consoler, de lui faire réaliser sa chance. Au moins, à Valroye, elle pouvait encore se nourrir de ce qui poussait dans son jardin ! Et ne plus avoir à supporter ce type qui la contrôlait tout le temps ! Être libre de ses mouvements ! Mais Claire disait que tout était taché, qu'il n'y avait pas d'issue. Comme si sa servitude, elle l'aimait. Je crois que Thomas l'avait à la fois rassurée et rendue incroyablement servile ; que, sans un homme qui la dirigeait, il lui fallait trouver un

nouveau maître. Elle aurait pu refaire sa vie tout de suite si elle n'était pas venue à la Commune. C'est fou. Moi ? Vous rigolez. Je n'ai jamais voulu me marier. Je n'ai pas voué ma vie à quelqu'un, pour qu'il s'épanouisse, lui. Je ne sais pas non plus ce que c'est que de compter sur quelqu'un tout en le détestant d'être là. Vous, vous êtes marié, j'ai vu votre alliance. Je sais que ça vous parle.

Bref. J'ai regardé Claire par la fenêtre, quand elle est partie, pour lui faire un dernier geste d'au revoir. Elle était pressée de rentrer pour ses enfants. Elle est responsable, quand même, Claire. Là, dans la rue, j'ai vu des filles qui attendaient, jupes courtes, bas résilles, seins dehors. Elles avaient changé depuis quelque temps. Plus jeunes, plus nombreuses, plus minces. La rue c'était ma limite, je m'étais toujours gardé une petite fierté. Moi, je fais ça loin des regards. Je ne suis pas en vitrine, je ne suis pas un produit. Je fais de la prestation de service. Ce n'est pas pareil. Je console les gens seuls, je leur fais du bien. Sauf que, pour la première fois, j'ai pensé que, entre les clients qui se faisaient rares et mon corps qui commençait à accuser son âge, peut-être, bientôt, la rue, ce serait mon tour. Et ça a créé un déclic je crois. Soudain j'ai été prête à autre chose, tenter une autre vie.

Joan

J'ai des souvenirs contrastés avec Thomas. Il n'a pas toujours été tendre. Thomas est gentil mais c'est quelqu'un de tellement tourmenté et de *twisted*. Je me souviens qu'il avait cette mauvaise habitude, comme vous venez de le faire. Il disait le mot que je cherchais en français. Il terminait mes phrases dès qu'il le pouvait, il corrigeait mes fautes. Tout le temps. Il ne supportait pas que j'hésite, que je mélange les langues, le métissage ça lui posait un gros problème, alors forcément je le prenais personnellement, vu qu'il n'y a rien que ça dans ma vie. Des mélanges. On avait des engueulades énormes tout le temps à ce sujet, Thomas c'était un peu la vieille France. Je crois qu'il n'a pas supporté que je le traite de fasciste une fois. Vous trouvez que c'est exagéré. Je ne me rappelle plus. C'était une obsession qu'il avait, sans le dire, hein, jamais de manière avouée, de manière frontale. Il était obsédé par ça, la pureté, la pureté des sentiments, de l'origine,

de qui sont les parents des gens, les choix de vie, les études, quelles écoles, les grandes écoles surtout, mais *what the hell*. Je m'en fichais, moi. Mais pas lui. Pas du tout. Il devait savoir à qui il s'adressait, il ne gaspillait pas sa salive en vain. Au début je le trouvais tellement snob.
Pourquoi ça me blessait que Thomas me reprenne sans cesse ? Maintenant, devant vous, je pense, je vous parle en français, mais en moi je parle une autre langue, et même deux langues. Je bégaie intérieurement. Les mots qui sortent de ma bouche ne sont pas les miens, le français ne sera jamais ma langue. Je crois que c'est important de dire ça, pour parler de Thomas, parce que c'est là où on a vraiment accès aux gens, c'est dans leur rapport à la langue. Et pour moi c'est un rapport étrange, *weird*. Thomas était rigide, il n'arrivait pas à penser le *weird*. Ça le crispait. On dit que les enfants sont réactionnaires. Je crois que Thomas était réactionnaire parce qu'il pensait comme un enfant. Les choses devaient être rangées dans les petites cases sinon ça l'angoissait. Résultat, il s'est barré un beau matin en laissant sa femme et ses enfants et on est convoquées pour parler encore de ça, pour faire le travail à sa place. Vous me dites : tenons-nous-en aux faits. *But there are no facts*. Les faits s'énoncent de la manière dont je vais les relater. La vérité est là, dans la manière de les dire, de les organiser. Il n'y a pas d'autres faits que ceux-là, tirés de la mémoire. J'essaie de parler de

manière appropriée, de manière objective, parce que c'est cela que l'exercice exige, mais c'est une illusion. Ça ne marche pas ainsi. Il y a un œil au-dessus de l'épaule, au-dessus de ma voix et qui juge. Qui dit : ça tu peux le dire, ça tu ne peux pas le dire. Tous les gens qui s'assoient ici, devant vous, doivent être aux prises avec le même dilemme. L'espace n'est pas neutre.

Vous pouvez arrêter de regarder votre téléphone s'il vous plaît ?
Non, je vous le demande gentiment.
Merci.
Il s'est passé un truc, un jour, avec Thomas. J'avais décidé d'arrêter de faire semblant d'être française. J'ai arrêté de traduire. Je parlais anglais et franglais et parfois seulement anglais. J'ai commencé à donner toute ma personne étrangère à voir. Souvent, on me disait : « Comment ? Ça ne se dit pas. » Mais qu'est-ce qui ne se dit pas ? Il faudra s'habituer. C'est tout, c'est une autre musique. On ne peut pas être les seuls, nous les étrangers, à faire l'effort de s'adapter.
Un jour, c'était autour de la trentaine, j'ai demandé à Thomas d'arrêter de se moquer. D'accepter l'accent, les erreurs, les hésitations, les silences. Et quand je ne trouve pas les mots, de *just shut up*. Et cela, Thomas ne le supporte pas. Il m'humilie, je lui dis, et quelque chose se brise. Notre amitié n'a pas pu supplanter la question politique ; l'attitude de Thomas envers ce qui

était à ses yeux, j'imagine, hors norme influençait sa manière d'agir avec moi. Ce n'était pas qu'un débat de salon, c'était réel. Je n'ai jamais pu parler de tout cela à Claire. Je ne voulais pas la blesser ou la perdre. Je ne voulais pas lui dire : ton gros réac de mari est raciste mais tu l'as épousé parce que les types comme lui ont l'air rassurants et inoffensifs. Je ne l'ai jamais dit mais je le pensais très fort.

Je suis arrivée en France avec l'idée que je ne retournerais jamais en Amérique. Je n'ai d'ailleurs rien gardé de ma vie d'avant. Je veux dire, matériellement. Sauf, si, une chose : une reproduction au format carte postale d'une Vierge à l'enfant. Je l'ai accrochée près de ma table de travail. J'ai eu beaucoup l'occasion de la regarder, ces dernières semaines. Je lui parlais dans ma langue maternelle et je l'appelais comme une mère, *Mary, Mary*. Je sais que la foi, c'est bizarre pour les Français.

Là où j'ai grandi il n'y a rien d'autre que des plaines, des tempêtes de poussière et des tornades, et depuis quelques années c'est pire. Les récoltes sont détruites par les inondations, l'économie est moribonde, c'est le Moyen Âge et tout le monde a des armes. Quand je suis partie je voulais quitter tout ça, changer de pays et de langue, devenir une autre. J'étais contente de rencontrer Hélène, puis Claire et Thomas. D'avoir des amis. C'était une sorte de miracle. Ils étaient gentils et

drôles. Mais Thomas, il ne savait pas comment se comporter avec moi. J'étais un objet de curiosité absolu, « Et vous mangez quoi chez vous », « Et comment vous dites vous déjà, les Américains », et toutes ces petites phrases qui m'enfermaient dans la case de l'étranger. Le pire c'était quand il commençait ses phrases par : « Ici en France on ne dit pas ça, on ne fait pas ça, on ne se comporte pas comme ça ». Il fallait toujours « faire comme » et moi je ne faisais rien « comme ». Il faisait ça avec moi mais aussi avec tout le monde. Il calculait en permanence, entre lui et les autres, son propre coefficient de bourgeoisie, qui était de fait nettement supérieur. Surtout, je n'étais pas la femme française. Pour lui, les femmes devaient être, j'imagine, élégantes, discrètes, mystérieuses. Silencieuses. Comme Claire. Claire est comme ça. Raisonnable. Ou en tout cas, elle l'est devenue à son contact. Pourquoi je le trouve gentil ? Mais je vais vous raconter, c'est une longue histoire je vous dis. On ne raconte pas vingt ans d'amitié en cinq minutes. Thomas m'a aidée, il m'a repoussée, il m'a secourue de nouveau, les gens sont compliqués, c'est pour ça que sa disparition me blesse autant qu'elle me soulage, et que ça me rend triste comme toujours la lâcheté.
(Silence.)
Quand on s'exile, on accepte tout. La moindre amitié, la moindre invitation est une merveille. Je voulais une famille, des parents, m'inventer une autre vie,

devenir une autre. Thomas a été de ceux qui, malgré ses défauts, m'ont accueillie. Ce n'est pas comme si je pouvais faire la fine bouche. Les gens qui vous disent oui, vous les bénissez d'être là. Sauf que, comme je vous l'ai dit, Thomas me renvoyait constamment à l'Amérique. Il me remettait à ma place, comme on dit. L'anormale, l'anomalie. *The weirdo !* J'étais la folle des manifs, la Ricaine mal dégrossie, la super-provinciale. Alors que j'aurais voulu, au contraire, n'être rien de tout cela. Être beaucoup plus invisible, en réalité. Et lui m'enfermait dans mon rôle d'extra-terrestre. J'en venais à voir ce que Thomas voyait en moi, à haïr cette part si peu française, celle que je ne serais jamais. J'ai même essayé, pendant un temps, de rentrer dans le rang. De faire ce qu'il fallait, pour être aimée. Me fondre, me conformer. Entrer dans le petit moule français de la femme soumise et tout. Tout ce que Claire est devenue, après son mariage. Tout ce que Thomas exigeait sans le dire, sans jamais qu'il ne l'avoue, parce qu'au fond il ne se rendait même pas compte qu'il exigeait cela. Il était juste raccord avec un système, et c'est très confortable d'être raccord quand on est au *top* de la pyramide. Moi, j'échouais constamment à ce rôle, donc je basculais d'un état à l'autre, je m'imposais puis je me conformais, je me révoltais puis je prenais le pli inverse. *(Silence)*. Je cherchais la violence. C'est arrivé trop souvent pour que ce ne soit qu'un hasard. Vous savez c'est difficile de se trouver, à l'étranger.

Avec le temps je suis devenue bien plus dure, bien plus radicale que je ne pouvais l'imaginer. Si j'étais amoureuse de Thomas ? Non mais n'importe quoi, vous déraillez, là.

Bon, ça y est j'ai des remords. J'ai beaucoup parlé en mal de Thomas. Désolée, il fallait que ça sorte. Non mais je n'allais pas vous mentir. On ne va pas en faire un martyr ou je sais pas quoi. Pour moi, il est pleutre, lâche, menteur et fasciste surtout. Mais il est aussi serviable, loyal, drôle, et tant de choses encore. Sans lui, je ne serais plus là, je serais morte. Je n'aurais jamais pu gagner la Commune, je n'aurais pas pu trouver le chemin. Le pire c'est qu'il me manque. Peut-être justement pour ça, parce qu'il me martyrisait.

Claire

Oui alors je vous arrête tout de suite, parce qu'on ne va pas commencer à s'imaginer des choses fausses qui risquent de perturber l'enquête. Au moment de sa disparition tout allait bien entre nous. Je vous vois, vous vous imaginez, ah mais elle le délaisse pour les vignes, c'est sa faute ! Alors monsieur se sent seul, il part avec la première joueuse de flûte, comme les enfants du conte. On a toute la littérature derrière nous, pour la vulgarité. Le rayon est plein. Mais ce n'est pas ça. Ce n'est pas du tout ce contexte. Je veux dire, comme tous les couples qui s'aiment et qui vivent ensemble depuis longtemps, il y avait une petite fatigue, mais rien, jamais rien de très alarmant. Je veux dire, Thomas était là, il était aimant. Il nous couvait. J'ai pu m'imaginer des choses, avec d'autres femmes, mais c'était une fausse frayeur, presque pour aiguiser ma jalousie. Non, vraiment. Je pouvais m'appuyer sur lui. Tout le temps. Les premières semaines après son départ, je me disais : OK, cette fois il va trop loin, mais il reviendra. Sa disparition était tellement impensable. Le fait d'être ici devant vous, même aujourd'hui, j'ai encore du mal à le croire.

Imaginez. Vous rencontrez une personne qui vous apparaît saine en tout point. Elle est fiable, honnête. Vous pouvez compter sur elle. Elle est aussi généreuse mais rationnelle, se laisse traverser par l'émotion mais pas trop, se contrôle beaucoup. Autour d'elle, les gens l'apprécient. Elle est compétente dans son travail. Elle ne commet jamais d'excès. Elle se respecte. Vous trouvez son apparence agréable à l'œil. Vous êtes chavirée par l'arrivée de cette personne dans votre vie. Vous tombez amoureuse. C'est un renouveau, une exploration inattendue de l'existence, un doux et permanent miracle, une reconnaissance délicieuse. Vous vous mariez avant même d'emménager ensemble. Vous découvrez que la vie à deux est non seulement simple et joyeuse, mais en plus, vous vous imaginez pouvoir affronter ensemble toutes les difficultés de la vie, que vous rencontrerez assez vite : maladie, finances, et des bricoles sans gravité. Après quelques années de folle intimité, vous décidez de fonder une famille. L'arrivée des enfants, quoique bouleversante, renforce à la fois votre tendresse et votre admiration mutuelles. Vous êtes émue de découvrir qu'à de nombreuses reprises, la personne que vous aurez choisie pour époux vous apparaîtra comme très solide dans les moments les plus inquiétants, les plus inattendus de l'existence. Son regard sur des décisions complexes ou son analyse d'une situation incontrôlable vous semble souvent la bonne.

Vos différends ne sont pas nombreux. Vous vivez longtemps dans le bonheur des commencements. Vous avez des rituels, vivez de façon frugale, mangez de la soupe et écoutez la radio. La nuit, vous vous réveillez pour vous étreindre. Parler est votre secret ; votre vie entière est vouée à nourrir cette conversation qui, jour après jour, reprend là où vous l'aviez laissée le matin ou la veille. Chaque livre, chaque repas, chaque regard donne de la matière à la pensée, poursuit la phrase laissée en suspens, laissant l'autre dans une perpétuelle curiosité, pressé de reprendre la conversation plus tard. Cette discussion ininterrompue amplifie les choses de la vie, et tisse entre vous un fil secret qui semble incassable.

Vous adorez ses défauts.

Très tôt, vous établissez un équilibre en ce qui concerne la notion de dépense. Cela vous permet de ne pas vous mettre en danger tout en maintenant entre vous une égale bonne humeur. L'argent circule dans votre couple avec la même égalité que le plaisir. Il vous arrive de vous méfier d'une explication hâtive. Un retard, un coup de fil, un excès, une sortie suscitent vaguement une inquiétude, aussitôt balayée par un baiser. Avec les années, votre couple fait l'admiration et la fierté de vos proches, qui reconnaissent en vous un alliage étonnant mais dont la longévité fait votre orgueil.

On ne vous imagine plus l'un sans l'autre. Vous formez un bloc. Vous êtes une famille. Les enfants portent le nom du père, mais ressemblent à la mère. Ils se développent sans difficultés, même si la fille présente, à l'adolescence, des signes d'une mélancolie voilée. La régularité de votre mode de vie et la justesse de votre éducation n'ont jamais donné lieu à l'épanouissement de grandes psychoses, du moins l'espérez-vous. Vous êtes fière de ce tour de force qui a consisté à tenir pendant vingt ans le gouvernail de votre vie avec autant de force et de légèreté. Vous êtes persuadée que la personne que vous aimez, si parfois elle vous agace ou vous échappe, n'en pense pas moins de vous. Cette réussite est désormais constitutive de votre personnalité, un socle solide sur lequel l'autre peut s'appuyer. Ensemble, vous vous rassurez quant aux sacrifices nécessaires à votre concorde.

Mais l'autre est-il vraiment cet être imprévisible dont on reconnaît à des kilomètres la démarche, les vêtements, les gestes ? Tout ce que je vous raconte, n'est-ce pas la projection de ma seule idée de Thomas ? Comment peut-on prétendre une seule minute atteindre l'autre ? Thomas restera une énigme, une question. Celui sur qui je me suis appuyée était en réalité une bombe à retardement qui a fini par me détruire. Je ne me doutais de rien. Tout était doux. Je ne m'attendais pas à ce qu'il y ait autant de mystère chez mon mari, un tel continent. J'ai l'air de le mépriser, mais ce n'est pas le cas. J'avais confiance en lui de manière très profonde, un peu comme un enfant qui a confiance dans son parent. Ce que je voyais était vrai. Ce qu'il disait était la vérité. Je le croyais.

C'est difficile, vous savez, de se dire : je suis avec quelqu'un qui me donne l'impression d'être normal, je veux dire, sain et normal. Avec ses défauts, avec sa chaleur, il est réel. Il a un corps que je vois, que je peux toucher. Je peux constater qu'il se meut dans la pièce, mais en réalité il n'est rien de tout ce que j'imagine. Il n'existe pas tel qu'il se montre au monde, en tout cas pas à moi. Quand j'ai réalisé cela, j'ai été très effrayée et depuis je suis constamment sur mes gardes. J'ai perdu toute forme de candeur. Je me suis dit : est-ce ainsi pour tout le monde ? Joan, Hélène ? Mes enfants ? Personne n'est exactement conforme à l'image qu'il présente ? Et moi, est-ce que j'existe telle que j'apparais aux autres ? Les gens sont effrayants, mais est-ce que je ne cache pas mon jeu, moi aussi ? Vous comprenez ce que je veux dire ? Vous avez arrêté de taper sur votre machine, là. C'est parce que je parle encore trop vite ?

Le plus étonnant, c'est qu'au-delà bien sûr de la stupéfaction et du chagrin et de la torture quotidienne que représente ce deuil vivant, ce départ m'a aussi enlevé un poids. Vivre à travers les yeux de quelqu'un, qui exige, qui vous juge, qui vous désire, qui vous compare, qui vous ignore, ce regard tout le temps posé, c'est épuisant, c'est dur. Moi je me juge dans le regard qui juge, je suis dure envers moi. Je me trouve souvent nulle et moche et bête et mauvaise mère et tout ce que vous voudrez et quand tout à coup ce regard n'existe plus, bien sûr, c'est vertigineux, on a le sentiment d'entrer dans une paix inouïe. C'est ça que j'ai découvert. Je faisais des insomnies, des nuits blanches qui portent bien leur nom. Tout était blanc et sourd, c'était douloureux et irréel, mais après le départ de Thomas j'ai aussi été libérée de quelque chose.

Il fait moins chaud aujourd'hui. La clim' est réparée ? *(Silence)*. Quand je pensais venir vous voir pour la déposition, chaque fois je me disais : ça ne sert à rien, Thomas va revenir. Ou bien : je serai convoquée. Et c'est arrivé. Avant que je n'accepte la douloureuse absurdité des choses, que je comprenne que Thomas ne reviendra jamais, je refusais le réel. Le monde s'était défait de toute sa logique, comme s'il s'était dédoublé. D'un côté, le monde tel que je l'avais connu, de l'autre, le pays inconnu. Ce n'était pas joli. Quelqu'un m'a dit que j'avais vécu un trauma, j'ai trouvé le mot un peu fort, mais quand j'y pense, oui, ça doit être le cas. Il y a eu un avant et un après et je ne suis plus la même, depuis. J'ai même changé physiquement. Mon visage, mon corps portent les traits de l'épouvante. J'ai vieilli d'un coup. Je n'avais pas ces creux, ces cernes. Il y a même des aliments que je détestais avant et que j'adore maintenant et *vice versa*, et tout un tas de changements dans ma vie, comme si son départ avait fait de moi quelqu'un de totalement autre. Comme si, en me libérant, car oui, on peut le voir aussi de cette manière, son départ m'avait donné la possibilité de naître une deuxième fois. D'enlever mon costume et d'en remettre un autre. Je vous dis cela parce que ça fait deux ans, et que tout a changé depuis, mais je le regrette, bien sûr, et il me manque aussi. Si Thomas revenait ? Là ? Ce que je ferais ?

Je ne sais pas.
Je n'y crois pas.

Un jour il a fallu que ce mot apparaisse et que je le prononce pour que la pensée se fasse, qu'elle se forge, que l'idée prenne forme : Thomas nous a abandonnés.

Pardon.
Je n'arrive plus à parler.
Pardon.
Pardon.

Merci.
Non ça ira.
Pardon.

L'éventualité de sa mort me terrifie. Je ne veux pas vraiment accepter la logique. Le pire c'est que la déclaration de disparition, ça nous fait divorcer, et si Thomas revient, il apprendra qu'il est divorcé sans avoir décidé de rien. Vous imaginez le choc. Et puis, je m'en veux, c'est une période, quand même, historiquement, de grande angoisse. Je ne sais pas si vous vous rendez compte, nos petites histoires se mélangent à la peur plus grande et permanente de la guerre et des famines et des catastrophes et tout. Depuis le Jour de l'Oural, quelque chose s'est déclenché, une preuve supplémentaire de la réalité inacceptable de la fin de tout ce que nous avons connu, de tout ce qui était explicable avant. Je veux dire, l'amour entre les gens c'est un peu la seule chose qui nous reste, la protection d'une maison et des siens, le petit microcosme contre le monde hostile. Là, depuis le départ de Thomas, c'est comme s'il n'y avait plus de lieu sûr pour se

cacher, pour être protégée, à l'abri, pour souffler un peu. Quand je suis partie à la Commune rejoindre Joan, je ne pouvais pas tout porter sur mes épaules, vous comprenez. La famille, le vignoble, les enfants. Continuer seule tout ce cirque. J'ai proposé à mes parents de venir, évidemment ils ont dit non, et je suis partie avec les enfants, c'était un peu la débâcle. À la Commune j'ai dû m'habituer. Je vous jure ce n'est pas une sinécure, si je pouvais revenir à ma vie d'avant je le ferais dans la minute mais ça personne ne doit le savoir, s'il vous plaît ne notez pas ça dans le rapport. Vous venez de le faire ? Effacez-le s'il vous plaît.
Il y a un truc qui est parti avec Thomas. Quelque chose dans le monde entier auquel j'accédais auparavant. C'est la capacité de croire. Cette chose amoureuse qui nous fait entrer dans l'autre, percer son enveloppe, pénétrer sa chair, et de ce fait, entrer dans l'humanité. Ce quelque chose s'est refermé à jamais. Ce n'est pas lui en tant que lui, en tant que Thomas Cassar, mais lui en tant que béance, en tant qu'ouverture, en tant que trouée, dans la fente des vêtements, dans l'idée d'une autre vie, où j'entrais avant, quand je le traversais, et qui m'ouvrait vers l'altérité. De façon bienheureuse. Profonde. Quand Thomas est parti c'était terminé. Sans Thomas, je n'étais que moi. Je suis entravée, au-dedans, dans la seule existence que je connaisse. Avec le travail. Avec les enfants. Avec l'inconnu devant soi. Et toute cette vie surveillée.

Certains font cette expérience avant, plus jeunes, ou plus tard. Dans les grandes épreuves, ou la maladie, ou jamais. Certaines personnes traversent l'existence sans les grands chocs que je vous décris. Elles croient encore à la profondeur des liens. Moi pas. Quand on s'est sentie à sa place dans l'amour, pleinement, par les yeux, les mains, le corps, que son existence même a été validée par quelqu'un qui vous fait vraiment naître au monde, et que soudain vous réalisez qu'à ses yeux, vous êtes remplaçable – il n'y a pas de plus grande blessure. C'est un meurtre.

Je ne fais pas la déposition parce que j'ai envie de me remarier ou quoi. Je vous jure. Il n'y a personne. Il n'y a jamais eu personne d'autre, non. Rien de sérieux je veux dire. Joan a peur de la procédure parce que ça relance le cauchemar de la menace d'expulsion. Sauf que j'ai dû faire un choix. Après, si vous lui proposez un truc, je ne sais pas moi, des confidences contre la garantie de ne pas l'expulser, ça se fait, ça ? Enfin bon, c'est pas à moi de vous dire quoi faire, pardon. Non mais vous avez raison, c'est indélicat. Elle est vraiment courageuse de venir ici devant vous, vous savez. C'est une marque d'amitié très forte de sa part. J'aurais juste pu laisser tomber mais on crève littéralement de faim alors entre la proie et l'ombre que voulez-vous.

Je voudrais ajouter une chose. Quand les gens partent ils vous entraînent avec eux dans leur folie. C'est ça qui est le plus égoïste. Partir sans indice entraîne tout un monde avec vous, et pour toujours. Le dialogue reste, le lien reste. On ne coupe pas. Il n'y a pas un jour où je suis tranquille, où je n'y pense pas. Tout le temps. Il aurait mieux fait de se suicider, au moins les choses auraient été claires. Non mais ce n'est pas ce que je voulais dire. Effacez s'il vous plaît. Parfois aussi, cela m'est arrivé dernièrement, je réalise que j'ai pu passer une heure ou deux sans penser à lui, et c'est ma victoire. Le pire, c'est que je n'arrive pas à en vouloir pleinement à Thomas, je me sens si responsable. La nuit, j'écoute le silence, et je me rends compte que l'absence est pleine de bruits. On devrait même dire le silence de l'absent. C'est un silence plein de portes qui claquent, de parquets qui grincent, de draps qui se froissent, de voitures qui redémarrent. C'est un silence présent. À Valroye je n'avais jamais réalisé à quel point, dans cette campagne loin de tout, près des vignes qui dorment en même temps que nous, le silence était aussi empli – des insectes, des derniers oiseaux, du vent fou, et de tous les animaux sauvages, la nuit, qui frôlaient nos maisons, parce qu'ils ont tellement soif et faim. Est-ce que le paysage appelle la pensée ? Est-ce que l'idée des terres intouchées permet de contenir l'inquiétude des villes ? Après un certain temps, avec Joan et Hélène, je me suis dit : leur amitié va au-delà de tout. Il y a là peut-être la profondeur des liens que j'ai perdus par ailleurs. Et nous voilà.

Hélène

Quelques jours après la visite de Claire chez moi, à Paris, où elle m'annonce que Thomas s'est barré, elle me rappelle et me dit : « Écoute, j'ai vu à quel point tu es seule à Paris, et puis on annonce de plus en plus de pénuries, et la ville est devenue invivable, et ça se voit que tu es affreusement malheureuse. Franchement je l'ai senti, tu n'as rien dit mais moi, je te connais comme si je t'avais faite. Pourquoi tu ne viendrais pas vivre ici, avec nous ? À Valroye ? » Elle parlait comme ça sans s'arrêter, paternaliste. Sans me laisser donner mon avis une seule seconde. Comme si les mots n'étaient pas détachés. Très vite. Oui elle parle vite quand elle est nerveuse mais là on aurait dit une folle, c'était très bizarre. Elle était dans un état second, peut-être ivre, qui sait. Il y a tellement d'alcoolos chez les vignerons, c'est comme les pharmaciens qui se droguent, c'est une épidémie. En plus elle disait tout ça sur un ton joyeux, Thomas s'était volatilisé, super, son ancienne copine pouvait venir la retrouver faire une pyjama party pour toute la vie en mangeant des popcorns devant un film. Je n'ai pas compris son délire. Et puis, Claire sait à quel point la campagne m'horripile.

Là où elle avait raison, où il y avait urgence disons, c'est que depuis le Jour de l'Oural, vivre en ville était devenu un enfer. Les catastrophes écologiques entraînent une montée de violence politique, c'est ainsi, c'est mécanique. Évidemment que vous vous rappelez, puisque vous étiez bien actifs sur le terrain, enfin je ne sais pas vous, mais vos hommes comme on dit, ils étaient dans la place. À faire des contrôles, à interpeller les gens, à leur tirer dessus, rien que pour les inquiéter. Pour moi, la limite c'est quand on a commencé à parler de coupons de rationnement, avec des menaces de couvre-feu. Non mais genre je vais rester à Paris… En quelques jours, on avait basculé dans une autre dimension. Répression, restrictions. L'enfer. Claire a profité de la situation, elle savait bien que dans un autre contexte j'aurais toujours refusé la campagne, tout sauf la campagne. Là où la plupart des gens se seraient dit : enfin, une nouvelle vie, l'air pur, la santé, l'abondance, les fruits du labeur ! avec une sorte d'expression enflammée. Moi je leur répondais : ah oui, ah oui, c'est tellement beau un putain de coucher de soleil. Les gens ne comprenaient pas que moi, je l'aimais ma petite piaule.

Les gens, même quand ils sont archi-malheureux, ça ne leur traverse pas l'esprit une seule seconde que leur mode de vie ne soit pas enviable. Ils pensent qu'on veut vivre comme eux. Ils ont peur qu'on les vole, qu'on les escroque, qu'on les pille, ils ont peur tout le temps de se défaire. Alors qu'ils sont tristes. Jusqu'à la Commune, je vivais littéralement de rien, je me nourrissais de colis alimentaires, je portais les mêmes habits pendant des semaines et j'avais tout mon temps. Et pour moi, c'était ça, le paradis. Après, c'était une période vraiment hostile, et je n'ai pas spécialement de goût pour le fétichisme de la misère, ça c'est sûr. Déjà qu'en temps normal, les artistes sont rarement bien lotis, là j'étais comme qui dirait carrément inutile à la société. Et ça, ça c'est vrai que ça me posait problème. Quand même. Je n'aime pas être une charge, demander, quémander, ce n'est pas moi, ça m'énerve, c'est soûlant, j'ai ma fierté, je ne suis pas une paria.

Donc quand Claire m'a proposé de la rejoindre, j'ai réagi très durement. J'avais l'impression qu'elle me prenait en pitié, alors que c'était elle, l'indigente, soudain. Elle qui s'était, toute sa vie, construite avec l'idée d'avoir, elle se retrouvait dépossédée. J'ai tellement de mépris pour les femmes qui sont brutalement surprises du piège dans lequel elles ont sauté. Les pauvres chéries. J'aurais pu être polie, mais je n'y arrivais pas. Une vraie bonne amie l'aurait appelée tous les jours, mais ce n'est pas ce que j'ai fait. On a passé quelques semaines sans se parler, alors que je la savais désespérée. Je prenais des nouvelles par texto pour éviter une conversation. Je lui demandais si elle avait des nouvelles de Thomas, et elle me répondait « non, non », rien de plus. Sec. Et là au bout d'un mois je me suis dit : ça pue. Je ne voulais pas l'affoler, mais quand même. On a tous pensé à l'accident, ou à quelque chose d'affreux. D'autant plus que Thomas avait l'habitude de me téléphoner de temps en temps. Surtout pour parler des trucs importants qu'il ne pouvait pas dire à Claire. Bah, des trucs. Des histoires. Des petites histoires. Mais rien, dans sa conversation, enfin presque rien, n'aurait pu présager une telle décision ou un grand drame. Comment ça ? Je ne sais pas, je ne connais pas les noms. Quand même, il avait cette élégance. Peu importe si c'était Claudine ou Sophie ou Ginette, franchement. Non, je vous assure. Je ne sais pas, ni combien ni quand. Pas souvent. Bon, ça m'embête. On va vraiment rester sur ça longtemps ? Et s'il s'était fait enlever ? Vous y avez pensé, à ça ? Contre une rançon ? Non mais c'est vrai, il bossait pour une boîte louche quand même. Il avait des infos assez sensibles sur les banques, tout ça. Je ne sais pas, j'ouvre des pistes, je tente des choses.

Donc six mois après le départ de Thomas, Claire m'invite de nouveau à aller vivre chez elle. Je trouve toujours la proposition aberrante, et je refuse catégoriquement, mais ça me travaille, c'est vrai. Et je me retrouve dans l'obligation de lui expliquer mon point de vue. Déjà, pour aimer la campagne, il faut être capable d'apprécier la campagne. C'est-à-dire que pour rêver de la campagne il faut avoir grandi en ville. Moi, j'aime le métro, le bruit, la saleté, les bars, la nuit, le danger. J'ai besoin de la ville pour vivre, ne serait-ce que parce qu'à la campagne, il y a moins de clients aussi. Et puis j'aime cette idée que je pourrais tomber sur l'amour de ma vie demain, au coin de la rue. La campagne, ce sont les gens qui vous épient entre les volets et les oncles rougeauds qui tripotent les petites filles. Tout me dégoûte, là-bas. Y aller me rend malade. Je déteste tout : chaque brin d'herbe, chaque vache, chaque mouton. Chaque poule. Et chaque œuf de chaque poule. L'air pur me dégoûte. J'ai souvent envie de gifler les plantes vertes. Je n'ai d'ailleurs jamais eu aucune plante verte chez moi. Les pauvres. Vous imaginez ce qu'elles prendraient comme tartes.

Moi, je veux jouer.
Jouer jouer jouer.

Je ne veux pas dire tout à Claire je ne veux pas. Elle ne sait pas que quand je ferme les yeux je vois une maison isolée entourée d'un jardin d'herbes hautes, avec des coquelicots et un potager. Un truc absolument champêtre. Qu'à quelques mètres derrière le jardin, il y a une immense, profonde crevasse. Je sais qu'elle est là. Je ne dois pas y aller. Juste le fait de savoir qu'elle est là me suffit. Devant ce jardin, il n'y a pas de garde-corps. Il n'y a rien. Il n'y a que cette distance, fleurie, confortable, entre le jardin et la crevasse tout au fond. Parfois, je décide de m'arrêter à mi-chemin, pour m'asseoir sur la balançoire. Je suis bien, il fait beau. Et puis soudain il y a comme un changement dans l'air, qui commence par le frémissement des feuilles. Le vert s'assombrit. Il se teinte de nuances inquiétantes, presque noires. L'horizon se dégage. Je peux voir beaucoup plus distinctement ce qui se passe au loin. Quand les herbes se couchent, je peux deviner la ligne noire, celle qui annonce la crevasse. Elle est là. Parfois, comme poussée par un vent étrange, je dois aller vérifier, et m'approcher, pour être sûre qu'elle est là, que la crevasse est toujours vraiment là, au fond du jardin. Je passe devant les balançoires, je franchis les champs et quand je sens que je suis tout près je continue d'avancer jusqu'à me pencher doucement au-dessus de la crête… Jusqu'où va le noir ? Il suffirait que j'avance, juste d'un tout petit pas, pour que tout ça s'arrête, qu'il n'y ait plus de choix à faire, pour disparaître.

C'était quoi la question ?

Joan

Bien sûr que ce besoin de me cacher, de fuir à la Commune, de changer d'identité, c'était lié à mon casier judiciaire. J'étais surveillée, vous le voyez bien, c'est écrit, là, sur votre ordi, vous le savez. Vous faites semblant pour me mettre à l'aise mais je connais la technique par cœur, je connais les flics. On me convoquait sans arrêt, je recevais constamment des avertissements et des lettres m'obligeant à quitter le territoire, j'avais l'impression d'avoir ma tête mise à prix avec le *WANTED* sur le front. Sauf que c'était dit dans des termes assez ampoulés, on parlait de « mesures d'éloignement » avec des acronymes. OQTF. Mesures d'éloignement, ça a un côté presque doux. Comme si on te mettait juste un peu plus loin. On te prend et on te dépose sur une autre étagère comme un sac de farine. On te repousse sans violence apparente. C'est incroyablement bien élevé la violence dans ce pays, on trouve toujours les bons mots pour l'exercer. Cordialement, veuillez agréer, oh oui que j'agrée, d'ailleurs je saute dans l'avion, oh mais qu'est-ce que j'attendais dis donc toutes ces années pour ne pas avoir eu plus tôt l'idée lumineuse d'agréer de toutes mes forces à cette adorable mesure d'éloignement cordiale ! OQTF ! Un peu de champagne très chère ? Oh oui avec plaisir, je suis ravie de profiter de la grande mansuétude du gouvernement en agréant à cette mesure d'éloignement, signez ici. *Anyway.* Donc je m'y pliais. J'y allais, au commissariat. J'avais droit à un avocat, ça traînait, et après quelques mois de course-poursuite, j'avais de nouveau des moments de paix, ça pouvait durer un an ou deux, je n'étais jamais tranquille.

Sauf que vivre dans la crainte d'un courrier qui va vous éloigner cordialement c'est très violent, contrairement aux cordialités qui sont exprimées. Attendre devant sa boîte aux lettres c'est quelque chose d'infiniment terrifiant, j'étais diminuée en permanence, j'avais l'impression de ne pas respirer. Vous ne savez pas ce que c'est. Quand quelqu'un décide de votre sort pour le reste de votre vie. Un *courrier discrétionnaire*, ah ça c'est la meilleure aussi dans le genre violence délicate. Tu tombes sur quelqu'un qui est de bonne humeur, qui aime bien ta pomme, c'est à sa discrétion de te laisser tranquille. Mais le lendemain, bam, *bad luck*, c'est sur l'autre que tu tombes, son collègue qui a mal au cul à cause de ses hémorroïdes ou qui a loupé son train et qui vient de se faire engueuler par son boss. Là, tu la sens bien passer sa discrétion, c'est ça sa marche de manœuvre dans la vie. Comment ? On dit « marge » de manœuvre ? OQTF.

À la Préfecture, le *must* c'est de ne surtout pas tomber sur un fonctionnaire qui est étranger lui-même, un étranger visible. Lui il subit déjà tellement de racisme que tu peux être sûre de bien sentir toute l'Histoire de la violence dégouliner sur toi quand tu vas te retrouver à demander l'aumône suprême. Et moi, ce que je voulais, c'était le Graal absolu. Le pays qui t'ouvre les bras, qui t'accueille dans son manteau de lumière et qui t'accorde la grâce d'être là, c'est-à-dire de respirer le même air que ton voisin, en gros. Tous les six mois je retournais dans la machine à essorer. C'était le courrier, l'avocat commis d'office, les menaces, les pièces à fournir, les insomnies, les crises de migraines, et puis le long silence jusqu'à la prochaine fois. *The best time in my life.*

Et puis un jour, il y a environ dix ans, mystérieusement, ça a cessé. Et vous savez comment ? Grâce à Thomas. Il avait cette élégance-là. Son père, qui travaille place Beauvau, avait intercédé pour moi. J'ai eu un passe-droit administratif ou un trou noir, appelez-le comme vous voulez. Pendant des années, je suis entrée dans une espèce d'interstice miraculeux. On m'avait juste oubliée. C'était le paradis. Et puis j'ai été de nouveau menacée il y a deux ans, après le Jour de l'Oural, parce que c'était la panique dans le pays et que forcément, tout ce qui se passait, les pluies toxiques, la menace de la guerre, les pénuries, c'était la faute des étrangers. Il fallait bien trouver un bouc émissaire, un responsable, l'origine de la faute, alors la chasse aux sorcières a repris. Entre temps, Thomas avait disparu, et plus personne ne pouvait rien faire pour moi. Alors quand Claire m'a dit qu'elle ferait cette déposition, malgré tout l'amour que je lui porte, c'était *no way*. On a dû beaucoup discuter et elle a fini par nous convaincre. Après si vous m'accordez un titre de séjour exceptionnel je veux bien vous dire tout ce que je sais. Mais je veux des garanties, je veux des signatures. Allez demander au chef au sous-chef au contre-chef à tout le monde. Je sais que c'est possible et vous le savez aussi.

Vous comprenez. Je vis avec ça tout le temps. Je vis en sursis, comme les criminels. Parfois je me dis que je purge ma peine à la Commune, avec la complicité des forces de l'ordre. Ils savent que j'y suis et que je suis enfermée là-bas, avec un bracelet électronique dans la tête. En restant à la Commune, c'est comme si j'étais en prison : je suis devenue inoffensive, je me suis cloîtrée moi-même. J'avais dix-sept ans quand je suis partie des États-Unis. Aujourd'hui, j'ai passé plus de temps en France qu'aux States. Mes parents ? Avec ma mère, on s'appelle souvent. Mon père est parti quand j'étais petite, je ne l'ai quasiment jamais revu. C'est fou, quand j'y pense, tous ces hommes qui disparaissent. Je veux dire, c'est très commun, ça arrive très souvent. La dernière fois que j'ai vu mon père, c'était juste avant mon départ en France. Pourquoi ? Quel rapport avec l'enquête ? Je n'ai pas le choix ? Vous ne me laissez pas le choix ?

Claire

Mais non, c'est impossible. Ces photos d'appartement, ça ne peut pas être « chez Thomas », comme vous dites. On s'égare, c'est absurde. Vous vous imaginez ce que vous êtes en train de me dire, là ? Thomas aurait occupé toutes ces années, depuis vingt ans, un appartement parallèle ? Et il aurait eu une autre famille tant qu'à faire ? Ambiance Mitterrand Pingeot ? C'est du délire. C'est comme si vous me disiez qu'en réalité je ne m'appelais pas Claire Cassar, que je n'étais pas française, que je n'étais pas née à Valroye, que je n'étais pas châtain aux yeux clairs. On rêve, là. Arrêtez de me dire de me calmer s'il vous plaît parce que ça me pompe. Redonnez-moi les photos, que je regarde encore.

De toute façon, et de manière tout à fait rationnelle, comme vous dites, posée, objective, en toute objectivité absolue, je ne reconnais rien. Ni les meubles, ni les vêtements, ni les chaussures, ni la vaisselle, rien. Rien du tout. Ce n'est même pas au goût de Thomas. Ces murs blancs, ce sol gris, ces draps blancs. C'est beaucoup trop froid. C'est trop design. C'est même trop bien rangé, vous voyez. Ça ne colle pas. Fausse piste.

Ce que j'ai fait après le rendez-vous chez Hélène ? Alors. Attendez que je me concentre. Les photos, ça m'a perturbée. J'ai foncé à Valroye pour être de retour à l'heure pour que les enfants ne se doutent de rien. Léo est sorti du collège à 17 h 59. Hortense, qui était encore en prépa, courait derrière, ses lacets défaits. Des petites mèches blondes étaient collées sur ses tempes. Elle a dit que la voiture puait la clope, « T'étais pas censée arrêter ? » qu'elle a ajouté avec sa délicatesse habituelle. Une fois rentrés, Léo a demandé pourquoi papa n'était pas là. J'ai dit qu'il était parti pour la semaine, une histoire de boulot. Ils n'ont posé aucune question. J'ai allumé la radio pour éviter de parler, il était question des analyses dans la Loire, du cours du blé qui avait explosé, des bourses effondrées. J'ai coupé.
Dans les jours qui ont suivi, et tous les autres jours ensuite, j'ai commencé à mentir un peu, pour rassurer mes enfants. Léo était particulièrement nerveux. Il demandait si nous aussi, nous allions devoir changer de pays, comme tous ces gens du pourtour méditerranéen qui migraient vers le nord pour échapper aux inondations. C'était difficile de leur cacher la vérité

même si, depuis dix ans, la menace planait sérieusement. Sauf que cette fois quelque chose avait changé. Psychologiquement, une digue avait sauté. En classe, ils étudiaient le chemin des particules toxiques dans les eaux et les rivières. On leur faisait faire des schémas, des dessins avec des crayons de couleur. C'était terrible de leur faire croire que s'ils faisaient *vraiment* des efforts, chacun, individuellement, tout irait bien. Comme si c'était leur faute et que, s'ils ne mettaient pas le carton dans la poubelle jaune, ils allaient mourir par leur propre négligence. Quand, ici et là, on arrivait à assainir une zone, l'espoir revenait. Les épisodes d'insouciance succédaient à la plus grande panique. Je ne sais pas si vous avez vécu cela, je ne sais pas si vous avez des enfants. Vous ne me le direz jamais, évidemment. Vous ne parlez pas, comme les psys. Parfois c'est pénible entre nous, je n'ai pas l'impression qu'on partage quelque chose. Moi je vous livre toute ma vie et vous rien. On se demande parfois si les flics sont humains, dans le sens de bienveillant, mais en fait vous compilez des tonnes de dossiers sans état d'âme. Non ? Notre petit drame, pour vous c'est la routine quoi. C'est rien, rien ne vous touche. Là, quand je dis ça, vous restez de marbre, parce que vous voulez juste qu'on en finisse, c'est bientôt la pause déj'. C'est ça ?

C'est comme avec le Jour de l'Oural. Quand les pluies ont commencé, les chiffres des morts nous tétanisaient.

Mais on s'habitue à tout. Vous vous rappelez, toutes les conneries qu'on se disait pour se rassurer ? Que les masses d'air chaud étaient repoussées par le Gulf Stream ? On s'habitue à la menace permanente, on s'habitue à l'idée de la mort, c'est un long apprentissage mais ça vient. Pendant longtemps, ça nous a semblé lointain, abstrait. Ces pluies touchaient des territoires qui nous apparaissaient éloignés, comme si on ne vivait pas sur la même planète, comme si nous n'étions pas reliés par le même univers. Le drame était obscur. Quand les contaminations reprenaient ici et là dans les cours d'eau et sans raison apparente, je sentais que Léo et Hortense se crispaient. Ils avaient été particulièrement impressionnés par les Italiens en train de pomper les dernières réserves d'eau douce. Vous vous rappelez ces images ? Après quelques semaines, la pluie, la brume, la neige redescendaient sous des seuils supportables. Alors les activités reprenaient, jusqu'à la pénurie complète à laquelle on est arrivés.

Quelques mois après le départ de leur père, les enfants ont commencé à avoir des doutes. Mes histoires ne tenaient plus. Léo faisait des cauchemars, Hortense est devenue encore plus renfermée qu'avant. Et puis il y a eu ce moment terrible, six mois après à peu près, où ils ont compris, comme moi, que leur père ne reviendrait jamais. C'est là que le deuil s'installe, alors même qu'il est flou, que rien n'est sûr. Ce n'est pas un deuil véritable. En réalité, même si Thomas revenait, là, maintenant tout de suite, s'il poussait la porte du bureau en disant « Salut ! Ça va tout le monde ? », eh bien, comment dire, ce serait pareil. Il est mort pour nous, qu'il soit mort ou vivant c'est devenu exactement la même chose. C'est ça qui est fascinant. Le fait de s'habituer à l'inimaginable.

Trop longtemps, Thomas et moi avons été persuadés d'être préservés du reste du monde. Nous étions mieux, plus forts, plus malins que les autres. Mais aussi plus amoureux, plus à l'abri que le reste de l'humanité. Et il nous était normal de jouir de cela. On se le répétait souvent. « Quel miracle, quelle chance, quelle joie de t'avoir rencontré. Quel adorable amour, quelle belle vie ensemble », et que je t'envoie des fleurs et que tu m'envoies des caresses, des regards, des baisers, des je t'aime, des lettres, oui, on s'écrivait des lettres, encore, vingt ans plus tard ! Quand je vous dis que son départ était insoupçonnable, c'est vrai. Je me disais souvent, cet amour est juste. Il est ardent. Et quelle cathédrale de délicatesse et d'altérité avons-nous construite ensemble. Je me félicitais encore de ce chef-d'œuvre quelques semaines avant sa disparition. Ce qui ne changeait rien au caractère perpétuellement mutique, impénétrable de Thomas. Ni à ses colères inopinées. Il était tout ça, tendre et sanguin. Alors oui, vous me demandez si je « n'avais pas remarqué quelque chose ». Oui. Je sentais que quelque chose s'insinuait entre nous au fur et à mesure que le climat s'écroulait. Quand les premiers indices de toxicité avaient été détectés dans les affluents de la Loire, il y avait eu un changement entre nous. Comme si la nature, qui se détraquait, contaminait aussi les sentiments, nous retirait de la patience, de la douceur, du sang-froid ; la mort partout, rampante, menaçante, nous rendait agressifs et inquiets.

Dans les semaines qui ont suivi le départ de son père, Léo était très angoissé. Il avait même régressé, comme s'il était redevenu un petit garçon. Le soir, caressant ses cheveux avant qu'il ne s'endorme, je lui racontais des journées imaginaires. Demain je m'occuperais de l'ébourgeonnage, papa avait téléphoné, il avait hâte de rentrer et nous embrassait… Un robot parlait à l'intérieur de moi. Mon fils m'écoutait sans rien dire. Le mensonge se déployait ainsi, jour après jour, devenant de plus en plus gros, absurde, comme on aime croire aux monstres, aux fées, aux saints, si bien qu'au bout de plusieurs semaines, nous vivions dans un monde complètement factice que j'avais créé par ma seule parole et auquel j'avais fini par croire moi-même. Hortense ? Elle s'enfermait dans sa chambre et, à dix-neuf ans, je commençais à me dire que son adolescence était sans fin. Elle ne me demandait jamais où était son père, si bien que j'en étais arrivée à la conclusion paranoïaque qu'ils communiquaient, qu'elle savait où il était. Je ne voulais pas savoir ; je craignais qu'elle me dise la vérité, c'est-à-dire aucune nouvelle. Je préférais, et c'est irrationnel, rêver.

Hélène

Je crois que Claire a eu besoin d'un peu de normalité après son sursaut révolutionnaire. C'est pour ça qu'elle s'est mariée si vite avec un mec si chiant et qu'elle a eu une vie si rangée ensuite, jusqu'à ce qu'il se barre. À l'époque je ne voyais pas toute la complexité de Thomas et surtout, comme il devenait le mari de Claire, je savais que j'allais devoir me le coltiner pour le reste de ma vie. Qu'il serait là dans les fêtes, les dîners, les vacances, que je serais obligée de le supporter comme un membre relou de la famille et ça, ça me gonflait vraiment. La seule explication que je vois à cette histoire, c'est que Claire cherchait à se punir de quelque chose. D'avoir, un temps, choisi de ne pas correspondre à l'image de la femme respectable. Avec Thomas, elle se rachetait une respectabilité après s'être écartée du droit chemin. Je pense que Claire admirait les révolutionnaires mais qu'elle ne voulait pas finir comme, je ne sais pas, Ulrike Meinhof. Moi, non. J'ai toujours été en colère. Je ne me suis jamais sentie coupable de l'être. Je m'en sors toujours, parce que, mine de rien, j'ai fini par bien connaître le Code civil à force.

Donc, leur mariage. Je vous l'ai dit déjà, cette histoire de mariage me met mal à l'aise. Il y a quelque chose qui ne marche pas. Un casting qui ne va pas. Personne n'avait été invité à part les parents et les témoins, deux personnes que Claire avait choisies quasiment au hasard, qu'elle connaissait à peine, des camarades rencontrés pendant le siège de la fac. Même pas Joan et moi ! Vous vous rendez compte de l'affront ? Elle ne demande pas à ses meilleures amies, non, elle fait ça en cachette, en vitesse. Sur les photos, je me rappelle parce qu'elles ont longtemps été affichées chez elle, on voyait la mère de Thomas, dans sa robe rose, avec un collier en or. Elle avait l'air d'avoir cent cinquante ans. Son père n'était pas là. À sa gauche, il y avait les parents de Claire. Des vignerons pas encore à la retraite, qui adorent leur fille unique, qui auraient fait n'importe quoi pour elle, qui lui pardonnent tout. La mère de Claire est costaude, la peau burinée par le soleil et les mains crevassées. Son père est chétif avec des yeux bleus, les yeux de Claire. Des vrais paysans. Ils auraient pu cultiver n'importe quoi d'autre, des pommes de terre ou des carottes. Le fait que ça devienne du vin n'avait aucune dimension mystique pour eux. Il n'y avait pas vraiment de dimension artisanale à leur travail, en tout cas pas comme Claire le fera plus tard, quand elle reprendra leurs vignes. Les rares fois où j'ai vu ses parents en vrai, à Paris quand Claire était étudiante, leur gentillesse provinciale me révoltait. Je me sentais toujours obligée de sourire devant eux pour ne pas avoir l'air de faire la gueule. Oui, parce que sourire me donne mal aux joues. Je veux dire, c'est physiologique, ça me fait mal quand je souris. Regardez, je vais essayer de sourire. Vous voyez. C'est ridicule. Bon. Ensuite, Thomas s'est jeté dans ses études de maths. Il était très doué. Hortense est née l'année d'après. Ils ont été très vite des « parents », avec tout le glauque qui va avec. Pourquoi glauque ? Ben, genre acheter des trucs, la poussette, les bavoirs, les couches, l'enfer quoi. Être tout le temps fatigué, ne parler que de coliques ou de lait maternisé ou de caries ou de poux. Sérieux. C'est insupportable. Qu'est-ce qu'on en a à péter des bonnes notes de la petite ou de la rentrée scolaire ! Mais lâchez-nous la grappe, à nous, les gens sans enfants ! On s'en tape. Il y a un mot pour ça ? Il n'y a même pas de mot pour dire « non-parent », tellement c'est inconcevable dans notre bonne société chrétienne. On dit orphelin ou veuf ou célibataire mais pas non-parent.

Après, il faut être honnête, je me suis habituée à Thomas. Un peu dans le dos de Claire parfois, c'est vrai. Gentiment. On avait tissé une sorte de complicité entre nous, le truc un peu nul. C'était gênant et tendre aussi. L'amitié ça naît souvent dans les secrets. Quand ils ont déménagé à Lille, Thomas a été recruté par une organisation condamnée des centaines de fois par des ONG et la Cour européenne des droits de l'homme. Il a vendu tout de suite son âme au diable. Joan et moi, on était assez dégoûtées. Que leur bonheur de couple bien repu repose sur l'indignité de vies humaines, la destruction et le gaspillage n'occupait pas une grande place dans leurs consciences de gauche. Claire avait l'air assez relax avec ça aussi. Soudain je réalise qu'elle pouvait coucher avec ce type de mec, haha ! Beurk. Claire et Thomas, pour moi, c'était ça : il s'installaient dans leur petit confort, ils achetaient des trucs, ils partaient au ski, ils embauchaient une femme de ménage pour nettoyer, mais vous vous rendez compte de la merde en barre, là ? Quand je lui faisais remarquer qu'ils s'étaient fait avoir, Thomas répondait : « Je n'ai pas le choix », « Le système est ainsi fait », « Je ne sais rien faire d'autre », « On a un enfant maintenant, tu ne peux pas comprendre », « On a deux enfants maintenant, on n'est plus des ados » ou, mieux : « Et toi ma chère Hélène, qu'est-ce que tu fais pour mener le bon peuple vers le Grand Soir ? » Haha, salaud. Ils n'avaient pas mis trois ans à devenir des banlieusards. Et je me demandais si, parfois, ils en concevaient une sorte de recul. Une honte. Claire revenait parfois à Paris, s'échapper quelques heures. Elle profitait de mes amis, elle s'étourdissait un peu, et hop, à minuit, elle rentrait se coucher. Je ne voyais pas qu'elle luttait, tout ce temps, contre un affaissement intérieur. Pour moi, c'étaient des problèmes de riches. Elle cachait si bien son désarroi que je ne la voyais pas disparaître, devenir ce fantôme qui se glisse derrière les portes. Je voyais juste une petite bonne femme, fière de son mari, de ses enfants, de son job, soutenir des conversations convenues sur tous les sujets, qui ne concernaient désormais plus que l'organisation des vacances ou le choix des meubles de jardin. Se désintéressant de la politique, de tout ce qui nous avait soudées si fort. On ne pouvait plus se voir. On ne pouvait plus se comprendre. Encore une fois, Joan avait eu raison : contrairement aux apparences et à l'effort que ça lui avait coûté de faire le siège de l'université, ses convictions n'étaient pas vraiment sérieuses ou profondes. La politique c'était juste pour le frisson, ce n'était pas fondamental comme pour Joan ou pour moi. Une vraie question de vie ou de mort. Les gens comme Joan et moi sont constamment chahutés par la politique. La moindre décision, même au plus haut niveau, a un écho dans nos vies, à savoir si on bouffera demain ou pas. Pas Claire. Et puis je dois mentionner que petit à petit, Thomas a vraiment bien gagné sa vie, surtout les dernières années, avant son licenciement. On n'appartenait plus au même monde avec Claire et ça ne peut pas être un détail. Forcément le regard sur les choses, à partir du moment où l'on est à l'abri, se ferme, et que ça aussi, ça nous a éloignées. Il y a des choses qu'on ne voit pas, qu'on ne sent pas, qu'on ne peut pas ressentir, quand on est riche. C'est tout, c'est comme ça.

Donc il y a plusieurs années où on se donne peu de nouvelles. Puis, quand Claire démissionne pour rentrer à Valroye et reprendre les vignes de ses parents, là, je me suis dit : enfin. Wow. Elle est *bad ass*, quand même. J'ai l'impression de la retrouver vraiment, dans sa radicalité initiale. Elle s'inscrit au lycée viticole, fait son apprentissage chez des biodynamistes de l'extrême, des babos puissance trois mille. Quand elle m'appelle, elle dit qu'elle revient crottée et souriante de ses journées à la vigne et répète à qui veut l'entendre qu'elle a toujours voulu faire ça. Elle renaît. Je ne l'ai quasiment plus vue à partir du moment où elle a déménagé là-bas, elle était tout le temps occupée, j'avais des nouvelles par les réseaux sociaux. Sur les photos, ses joues étaient empourprées de bonheur, elle était lumineuse. Désenchaînée du poids que ce devait être d'incarner la petite bonne femme de Thomas, bien comme il faut, qui fait des gâteaux pour ses enfants. Son émancipation, sa liberté, sont passés par là, par la rupture avec la certitude de ne jamais manquer de rien. Et peut-être, alors là je m'avance, une rupture avec la figure d'épouse. On sent tous que cet élan est inarrêtable, que ce sera sa prochaine vie. Donc quand, des années plus tard, elle débarque chez moi, en milieu de semaine, pour me dire que son mec s'est barré, là je dois dire je ne l'avais pas vu venir, c'est vrai. Mais aussi, je trouvais que c'était une bonne chose pour Claire. Parce que je crois que Thomas, malgré toute l'amitié bizarre que je lui porte, l'avait instrumentalisée. Il avait annihilé en elle tout pouvoir révolutionnaire pour construire sa propre carrière. Pour être tranquille, pour avoir une bonniche. Pauvre Claire qui cherchait constamment son approbation, son regard… Elle ne pouvait rien faire sans lui. Vous imaginez ? Cette emprise ? Un jour, elle m'a même dit que, plus elle exultait de joie, plus elle sentait Thomas se tarir. Comme si l'énergie de l'un en retirait à l'autre, que le bonheur de l'un devait entraîner le sacrifice de l'autre. Bon sang mais quelle horreur, le couple. Le pire c'est que je suis là à cause d'eux, à cause de leur marivaudage à la con de gens nantis qui s'emmerdent. Mais putain.

Je savais bien que Thomas avait ses petites histoires, mais rien d'aussi organisé, rien d'aussi officiel que ce que vous avancez, là. Ce qui m'étonne, c'est l'antériorité du bail. Vingt ans, vous dites ? Vous m'auriez dit cinq, dix ans, je vous aurais dit, oui, ça colle. C'est plausible. Vingt ans ça veut dire qu'il aurait contracté un bail en même temps que son mariage. C'est dingue. Franchement, ça me scie. Et j'imagine qu'il louait parce qu'en achetant, ça aurait laissé des traces dans ses impôts. Non ?

Le pire, c'est que c'est comme la famille, avec Thomas. C'est une vieille amitié, faite de confidences et d'habitudes, de complaisance. Une relation un peu obligatoire, un peu automatique. Je ne l'ai jamais condamné, Claire n'était pas prisonnière, si elle aimait un type qui la contrôlait c'était bien parce qu'elle y trouvait son compte. Thomas était là, et pour moi, il allait toujours être là. Quand il mentait à Claire, il trompait tout le monde. Combien de fois nous a-t-il dupé, pour jouir d'un tel espace ? C'est effrayant. Il devait rire sous cape. Il se fichait de nous, les naïfs, les candides. C'est ça qui me dégoûte, au fond. Toutes ces années, même à nos côtés, il était ailleurs.

Joan

C'est terrifiant tous ces parallèles involontaires, je veux dire, Thomas est parti, comme mon père. Venir ici me replonge dans tout ça, dans l'attente infinie, impuissante. La dernière fois que j'ai vu mon père c'était l'été de mes dix-sept ans. Il a sonné chez moi, chez ma mère. J'étais seule à la maison et je ne savais pas quoi faire. L'inviter à entrer ? Chez nous ? C'était étrange de le voir là. J'étais rarement seule et là je l'étais, comme s'il m'avait coincée. Il n'a pas souri, moi non plus. Il était parti depuis des années et il revenait, là, tranquillement. Comme s'il rentrait chez lui après une petite journée de boulot. Quand j'ai raconté ça à Claire elle m'a dit : « Tu vois, ça peut arriver. Les gens peuvent partir longtemps et revenir. » Comme les gens plongés dans le coma et qui ressuscitent des années après. Quand j'ai revu mon père je ne savais pas quoi faire, j'étais sidérée. Je n'allais pas le prendre dans mes bras. Je n'allais pas lui sauter à la gueule non plus.

Et tandis que je me posais toutes ces questions, on restait là à se regarder, lui sur le seuil, moi dans la maison, la main toujours sur la poignée, étrangers l'un à l'autre même si, de fait, je restais l'enfant et lui, le parent. Ce seul lien absurde induisait une forme de sujétion de ma part. Même devant le pire père de l'humanité, ça ne change rien. Les rapports sont toujours les mêmes. L'autorité va toujours dans le même sens. Je l'ai laissé entrer. Il a dit : « T'es surprise ? » Puis : « T'es pas contente de me voir ? »

On s'est assis à la table familiale, lui en face de moi. Comme avant. Ce moment si irréel où, après des années d'absence, il avait repris sa place. Il m'a dit : « Tu n'as pas faim ? » Puis : « Ta mère n'est pas là ? »

Je me souviens de tout.
J'ai ouvert le frigo,
je ne savais pas cuisiner.
Je me suis mise à aller et venir
entre la table et la cuisine,
pour le servir,
lui,
comme un roi,
comme si ça allait de soi.
Et tandis qu'il mangeait, je me disais : depuis qu'il est parti, rien n'a changé dans son corps à lui. Qui fonctionne comme avant. Qui respire comme avant. Qui

s'est littéralement épanoui, même. Il avait l'air heureux. Et ce bonheur m'a révoltée. Je vois très bien ce que Claire vit. Nous, ma mère et moi, depuis des années, on attendait, tous les soirs, le moindre bruit dans l'entrée, la moindre voiture qui se serait garée dans la rue. Lui n'a pas entendu ma mère pleurer et crier, toutes les nuits après la mort de mon frère, jusqu'à ne plus avoir de cordes vocales. Il n'a pas connu mon enfance. Il ne savait rien de tout ça. Il ne me connaît pas.

Lui, toutes ces années, il a continué à vivre. *Normalement*. À travailler. À parler à des gens. À conduire sa voiture. *Normalement*. Et même, j'en suis sûr, à appuyer sur le bouton de la radio, pour entendre les nouvelles du monde. Comme s'il ne s'était rien passé. Comme s'il n'était jamais parti.

Je le regarde. Assis en face de moi.
Il mange encore. Avec cet appétit qu'il avait, avant, et qui m'impressionnait tant, quand j'étais petite, parmi les rares souvenirs que je garde de lui.
C'est ce qui m'effraie le plus, je crois. Quand il se ressert. Et qu'il prend même un yaourt, à la fin. Avec un fruit. Qu'il coupe bien minutieusement, en petits morceaux.
Pour lui, toute cette situation, cette petite visite de courtoisie, ça ne le bouleverse pas. Ça ne change pas sa vie. Il vient pour bouffer, il vient voir sa fille. Qu'il

ne connaît pas, j'insiste. Les copines, les études, les chagrins, les premières fois, il s'en fout. Mais il reste le père, quoiqu'il arrive.
Il vient me voir, parce que quelque part ça l'intrigue un peu, de savoir ce que je suis devenue. Il s'est senti soudain responsable. Il a eu un chagrin, *whatever*. Je ne sais pas ce qui lui a pris ce jour-là. Je lui annonce que j'ai reçu une bourse pour étudier en Europe.

Il me dit : tu as besoin d'argent ? Et il me fait un chèque. Assez pour que je tienne six mois, à Paris, sans travailler. Je ne sais pas d'où il sortait cet argent. Il n'avait jamais d'argent d'habitude, en tout cas c'est ce qu'il disait à ma mère qui se crevait douze heures par jour au travail.
Avant de partir il a eu ce geste de vouloir me prendre dans ses bras. Il a fait ça d'une manière un peu brusque, comme si j'étais sa chose, sa fille-pour-toujours. Je me suis laissé faire.

Je voulais qu'il puisse continuer à se gargariser de ça : être *père*.
C'est la dernière fois que je l'ai vu.
Il était temps que je quitte la maison, mais plus que ça, le pays aussi, et toute une identité américaine, quelque chose que je ne voulais plus voir. J'avais été coupée de mes racines cherokees. À cause du départ de mon père, quelque chose s'était rompu de ce côté. Je ne

connais ni la langue, ni les chants, ni les danses de mes ancêtres, alors qu'aujourd'hui de ces racines même floues, même inconnues, j'en tire une fierté secrète. Ma mère était contente que je parte en Europe, même si c'était un peu abstrait pour elle, je crois. Je ne lui ai pas dit que mon père était passé. À la rentrée suivante, j'étais à Paris, à la résidence universitaire. J'ai rencontré Hélène peu de temps après, en garde à vue. C'est terrible ce qui arrive à Claire, mais je comprends cette envie, un jour, de laisser derrière soi ceux qui vous aiment. Vous avez trop changé pour eux, il faut partir. Ma mère doit se demander ce qu'elle a fait pour que tout le monde l'abandonne ainsi. Quand vous me demandez quels auraient pu être les motifs de Thomas, oui, je pense que quelque chose de grave s'est passé dans sa vie. Absolument. De très grave, ou en tout cas de bouleversant, d'assez bouleversant pour ne plus supporter une seconde la vie qui vous ramène à ce que vous étiez avant.
Par exemple, Thomas ne m'a jamais dit : tu as abandonné tes parents, c'est pas bien, méchante fille ! Ce genre de *bullshit*. Il comprenait. Il disait : « T'es courageuse, la Ricaine. T'as du culot. » Ça m'enorgueillissait. Personne ne comprenait ça. C'est peut-être pour ça que j'ai traîné dans les milieux anarchistes. Je ne voulais pas qu'on me juge pour mon départ. Comme si la violence parfois, dans ce genre de mouvement, me protégeait.

Quand Hélène m'a téléphoné pour me dire que Thomas avait disparu, j'étais triste pour Claire mais je n'étais pas inquiète. Je me disais : il a déconné, mais ce n'est pas grave, il n'est pas mort. Il ne va peut-être pas revenir au sens où on l'entend, mais il sera toujours là. D'ailleurs, je le pense toujours, même si ça fait deux ans. Certes, il a été odieux plus d'une fois, mais il m'a aussi protégée comme il a pu. *Jesus*, je réalise que je suis encore un petit peu fascinée par lui. Thomas provoquait ça chez moi, une forme très haute de, comment dire, je cherche le mot, oui, pardon ? Non, pas de respect, de déférence.
Par exemple, une des raisons pour lesquelles j'ai foncé dans ce qu'on finirait par appeler « la Commune », c'est que, d'abord, ce conseil venait de Thomas. Donc si ça venait de lui, ça m'apparaissait forcément comme quelque chose de sensé et, par une sorte de magie, je me disais que j'étais protégée par son père haut placé au ministère de l'intérieur. Je sais que ce n'est pas logique, *it's cosmic*. Aussi, l'idée de vivre de manière très rudimentaire, c'est quelque chose que je connaissais. Chez les Cherokees, les rares fois où j'ai pu aller dans ma réserve, j'ai eu l'occasion de voir qu'on était finalement assez bien, une fois coupés du monde. Vivre loin de la civilisation ça ne veut pas dire qu'on ne vit pas dans une autre civilisation. Je trouvais la nôtre plus civilisée, justement. Je connaissais déjà les communautés, cette dynamique qui se

veut à part mais qui recrée exactement les écueils de la société qu'elle rejette. Je n'allais pas me rendre à la Commune de manière naïve, avec des idéaux ou une vision faussée de ce qu'implique la vie enclose, sarclée. Ce que je ne connaissais pas, c'était le fait de vivre cachée. Je n'ai pas vu le danger. Quand je suis arrivée à la Commune, j'avais vingt-deux ans. Je ne savais pas vraiment à quoi je m'exposais en vivant dans la clandestinité, pour moi ça avait quelque chose de très cinéma, de complètement irréel. J'entrais en couverture. Quand on lit ça dans les récits, les histoires d'espionnage, les mémoires de résistants, ça a toujours un petit côté intense, *like a play*.
J'ai pris la mesure du danger une fois là-bas. J'avais tellement peur de me faire renvoyer aux États-Unis que je vivais de manière parfaitement discrète, cloîtrée. Les gens m'ont fait un accueil mitigé, c'est normal. J'étais l'étrangère qui débarquait. Je sortais seulement la nuit, comme un animal. On savait qui j'étais, mais je ne parlais à personne, j'avais peur de tout le monde, qu'on me dénonce, qu'on me veuille du mal. J'étais paranoïaque, je ne connaissais pas très bien la France, encore aujourd'hui c'est un mystère, mais je n'avais pas encore saisi l'esprit de la campagne, en tout cas cette campagne-là, revêche, qui s'en foutait historiquement des lois et depuis longtemps. Au début la solitude était effrayante et même si j'adore être seule, là j'avais touché le fond de mes capacités. J'avais vraiment peur

de parler, qu'on me dénonce. Je crois que j'ai eu un petit épisode de démence. Il y a des trous dans mes souvenirs, des grands moments de flou. Je ne me lavais pas, j'étais en haillons, je me clochardisais.
Et puis au bout d'un certain nombre de jours de paix, d'intense paix où personne ne s'enquérait de mes nouvelles, où j'ai eu la certitude que je pouvais sortir sans qu'on me menace, j'ai commencé à parler aux gens. C'était tellement doux. J'ai ressenti une joie profonde à être là. J'avais trouvé le lieu, la maison. C'est un sentiment très bon. Et puis je redevenais craintive. J'ai mis tellement de temps à m'habituer. Parfois je me disais : je suis en train de me transformer en animal, comme ces bêtes que je vois, parfois, la nuit, les renards, les marcassins, les biches, les lapins, je deviens comme eux, je sors pour la nourriture et le reste du temps je me cache. À la différence qu'eux vivent ensemble, ils ont un esprit de meute, ils savent se débrouiller à l'écart du langage, ils vivent dans un certain esprit de lutte. Et pas moi.
Pourquoi je dis que j'étais habituée à la claustration ? Ah mais c'est parce que j'ai vécu pratiquement en clôture entre l'âge de six et dix-sept ans. Dans une école très stricte à l'écart de la ville. Catho, oui. Je n'avais pas choisi. On m'a juste mise là. On disait que c'était un reste des American Indian Residential Schools, sans que ce soit nommé ainsi, parce que les pensionnats autochtones avaient mauvaise réputation,

mais c'était le cas, c'était ce genre d'école. Il y avait quelques Blanches mais les pensionnaires étaient surtout des filles autochtones ou métisses. La plupart rentraient chez leurs parents le week-end ou pendant les vacances. Moi, non. C'était ainsi. Je n'en souffrais pas. J'adorais l'ambiance des classes vides, des couloirs silencieux aux lumières éteintes, avec tous les fantômes qui circulaient et jusqu'à l'odeur de mes amies, restée dans leurs blouses. Je m'asseyais dans une classe, n'importe laquelle, et je m'imaginais avoir leurs vies. Être à leur place, depuis leur point de vue, en passant d'une chaise à l'autre. Je détestais cet enfermement et en même temps, il me berçait. Aux vacances de printemps, j'ouvrais les fenêtres du dortoir et j'écoutais l'autobus s'arrêter à heure fixe au coin de la rue. Je connaissais par cœur l'heure de son arrivée, le crissement des freins et ce bruit de chauffe au démarrage. Ce seul accès à l'extérieur me réconfortait. Des gens, dehors, vivaient. Ils prenaient l'autobus, s'arrêtaient devant notre école, et repartaient dans leur vie. Si nous étions à l'écart de la ville, nous étions aussi dans la ville, nous y prenions part sans y être. Comme en prison.

J'ai retrouvé ce calme quand je suis arrivée à la Commune. Je ne suis pas sûre que tout le monde soit fait pour vivre ainsi. Il faut avoir à y faire, à y fuir. Quand on s'exile volontairement, on brise quelque chose, on rompt le pacte avec les autres. C'est comme si on leur disait : « Vous ne comptez pas pour moi, d'ailleurs, adieu. » C'est très violent. Je m'en rends compte seulement maintenant, avec le mal que Thomas a fait. J'ai fait pareil. Mon père a fait pareil. Je sais de quoi je parle.

À la Commune je n'ai jamais été inquiétée de rien. J'ai commencé par m'occuper du verger. Quand j'étais ado je m'imaginais entrer dans l'armée ou devenir *nun*. C'est fou, en anglais, ce mot, *nun*, qui se confond presque avec *none*, « aucun ». Être personne, disparaître.

Comme je vous l'ai dit tout à l'heure, j'ai un frère. Alexander. Il est mort accidentellement quand j'avais trois ans. Je n'ai jamais compris pourquoi mes parents avaient laissé mon frère jouer seul, avec une arme, dans leur jardin. Comme si c'était un jouet. Est-ce qu'ils avaient fait exprès ? Ensuite, ils se sont séparés, et je n'ai revu mon père que très ponctuellement, jusqu'à cette dernière fois où il m'a donné un chèque. Parfois je me dis que, en m'enfermant chez les sœurs, dans une de ces écoles qui avaient fait tant de mal à nos communautés, ma mère a peut-être voulu éviter que le drame ne se rejoue. Ou bien elle était trop déprimée pour s'occuper de moi. Ou bien elle touchait des subsides de l'État pour m'y inscrire. Je crois que toutes les raisons se valent. Quand mon frère est mort, j'étais si petite, je ne crois pas avoir été dévastée par cet événement. C'est l'état de ma mère qui me minait. Et c'est seulement plus tard, quand je suis arrivée en

France, que j'en ai mesuré la gravité. Le fait de m'éloigner m'a autorisée à me rappeler ces souvenirs. C'est dans la distance qu'ils ont pris forme.
Après la mort d'Alex, il y a quelque chose de très étrange qui arrive dans ma vie. Cette chose se substitue à lui. Cela commence doucement, comme un soupir, un courant d'air. Et puis « cela » s'installe et prend une place de plus en plus grande, au point qu'elle occupe enfin ma tête et mon corps pour les années qui suivront. C'est un secret qui me meut, si intime et débordant qu'il me brûle. Quand je deviens une jeune fille, c'est devenu un feu ardent. Je ne peux plus le cacher, et un jour, je dois avoir quinze ans, je dis à ma mère au téléphone que je veux entrer dans les ordres. Aujourd'hui, je réalise que c'était une ruse. J'aurais aussi pu choisir l'asile psychiatrique. Entrer en clôture, c'était une manière d'organiser ma liberté. Je ne voulais pas devenir librement l'otage d'un homme ou d'un métier. Je voulais vouer ma vie aux livres, à l'étude, à l'amour, au silence, et c'est difficile à monnayer. J'étais heureuse loin de tout, dans une chambre fermée, j'adorais regarder les murs pendant des heures. Et la prison, la vraie prison, ce n'est pas très commode. Au fond la Commune c'était tout ça, sans la privation de liberté.
La foi, à l'adolescence en plus, c'est très sensuel, il ne faut pas se méprendre sur ça. Je le comprends très fort vers treize ans. C'est le moment d'une révélation

extrêmement forte et indiscutable. Vouer sa vie à la pensée de l'amour me semblait être la seule vie possible, la vie heureuse. Tous les autres choix de vie, me marier, travailler, enfanter, me semblaient être un calvaire d'atroce aliénation. Jouir de sa propre solitude devrait être un droit fondamental.

Chez les sœurs, j'apprends tôt à lire les classiques, à faire de la musique, j'entre dans un autre monde, le monde cultivé, et je rêve de l'Europe. J'apprends le français pour lire les textes de Thérèse de Lisieux, et cela devient ma langue secrète. Je suis traversée par une énergie permanente, lumineuse. Je me réveille à cinq heures pour prier. Je ne veux plus dormir. Je confie mon désir à certaines religieuses qui me répondent : « *The convent is not for everyone* ». Elles sont prudentes, étrangement maternelles. Je suis humiliée. Pour me consoler, je me dis que ces réponses sont des entraves destinées à mesurer la force de ma foi. Ne riez pas. Le doute qui m'assaille me confronte surtout à la beauté du renoncement. Je sais alors que je peux vivre de rien. À quatorze ans, j'entame de longues périodes de jeûne pour faire comme Thérèse. C'était elle, mon héroïne. Pas des actrices, pas des chanteuses. Et plus je me prive, plus je me dis que j'attirerai l'indulgence de Celui que j'aime ; sauf que rien ne se passe. Je ne suis pas récompensée, et me lasse d'attendre. Ça ne marche pas. Je n'arrive pas à me conformer à tout, j'ai des moments de colère, de crises. Je triche parfois, je ne me contrôle plus, je m'adonne à tous les plaisirs avec goinfrerie et me déteste de ma lâcheté. Je me trouve constamment médiocre. Il y a quelque chose de raté dans ma vie initiale, un état de fait que je veux, que je dois fuir. Je veux prouver que je ne suis pas cet être haïssable sauf que j'échoue : je ne suis pas choisie par Dieu. Vous imaginez le drame. Alors la France, c'est la seconde chance. Vous voyez, quand on me demande : « Mais pourquoi tu as quitté ton pays ? », *it's a long story, I can't make it short*. Dans cette histoire de disparition, il me semble que la seule question à poser, c'est : où Thomas a-t-il échoué ? Quand j'arrive à la Commune, je suis déjà conditionnée à cet état de solitude. Je sais ce que c'est. Je deviens un être sauvage, mais je ne sombre pas dans l'irrationalité. J'attends. J'attends de me transformer, de me faire oublier. Et dans la frustration de cette attente infinie, je réalise à quel point c'est cette attente même qui me comble. C'est une occupation très grande d'attendre. Je sais aussi que c'est pour ça que Claire a tardé avant de venir ici, au commissariat, parce qu'attendre garde l'autre en vie. Thomas était dans toutes ses conversations. Parfois, elle dit qu'elle l'a vu. Et tout le monde sait que c'est faux. Elle a vu sa voiture, son ombre, son profil, au marché, à la station-service, « chez le coiffeur, au village, oui c'était lui j'en suis sûre je ne suis pas folle quand même ». Elle raconte même qu'il est venu une fois chez elle prendre son courrier. La pauvre. Tous ces délires en boucle, pendant deux ans. Mais je sais ce que c'est. Quand j'étais ado, le matin j'inspectais mon corps, je cherchais des traces, j'étais persuadée d'avoir été touchée par Dieu et qu'une marque le prouverait. Cet amour est si grand qu'il doit se voir. J'ai mis plusieurs années à perdre complètement la foi, parce que la France fait bien son travail de ce côté, et aussi parce que la personne qui me manquait était bien plus réelle et que la vérité est inadmissible. En France tout ce qui concerne la foi est source de mépris, on vous soupçonne d'être un faible, la foi est quelque chose qui altère l'esprit critique. Ce n'est jamais vu comme quelque chose de beau. On ne se dit jamais que ça aide. Pourtant, ici, je trouve la politique très mystique, très exaltante. Regardez les foules soulevées par une phrase, c'est une grande messe. En manif, par exemple, nous sommes traversés par une conscience qui nous transcende. C'est beau et c'est effrayant. On a besoin de ça. C'est cet échec des ordres qui m'a changée pour toujours. J'étais une enfant timide, et je ne le suis plus. J'étais mélancolique et j'ai voulu m'entourer de beauté. C'est l'esprit révolutionnaire du peuple français qui m'a transformée. Je suis passée de la mystique à la politique dans un même geste, avec le même feu.

Quand, il y a deux ans, j'ai reçu de nouveau des convocations à la gendarmerie puis des visites de la police, j'étais mortifiée. J'allais parfois me cacher dans la forêt, puis je revenais quelques jours plus tard, terrifiée. Vous avez déjà dormi dans une forêt ? Sans rien ? C'est impossible. J'espère que vous ne retiendrez pas cela contre moi. Que vous tiendrez votre promesse. Je vous dis tout ce que je sais si vous me gardez, si vous me protégez officiellement.

Il y a toujours eu quelque chose qui m'inquiétait chez Thomas. Quand j'y repense, je ne suis pas sûre qu'il aurait tout fait pour me sauver, ce n'était pas un héros. C'était juste un mec qui voulait être tranquille. Conserver ses privilèges. *A normal guy*. Comme la plupart des gens.

Claire

Je me suis déjà imaginé que Thomas et Hortense avaient un secret. Au début, c'était même joyeux. Pendant les jours qui ont suivi son départ, je me disais, ils vont fêter mon anniversaire, ils me préparent une surprise. Mais ensuite, je délirais, j'imaginais des choses comme : Hortense est dans son univers parce qu'elle sait quelque chose, elle veut me séparer de son père. Puis j'ai pensé, horreur absolue, que Thomas avait abusé d'elle, et qu'il en avait honte, et qu'il était parti par peur des représailles. Pendant un temps, j'étais persuadée de cette hypothèse. Je tournais autour. Je guettais ma fille, devenue une jeune femme, si silencieuse, si torturée, et j'étais mortifiée de ne pas avoir vu, de ne pas avoir su. Elle était déjà tellement affectée par le départ de son père que je ne savais plus lui parler. Je me disais : Hortense. C'est sûr. Elle me cache la vérité, parce qu'elle a peur. On sent ces choses-là. J'ai même espionné des trucs dans sa chambre, je fouillais.

Je devenais folle. Je pensais à ça tout le temps. Je la regardais grandir du coin de l'œil depuis des années, j'étais fière d'elle, et puis ce départ, ça a tout bousillé. Dès que je sentais que quelque chose allait de travers chez elle, je me disais : « Ça y est, elle va vriller. » Elle avait été une enfant très solitaire et recluse. Elle n'a jamais cru au Père Noël. Elle n'a jamais joué aux poupées Barbie non plus. Ou bien, quand elle le faisait, elle les déshabillait et les accouplait sauvagement au fond du dressing, dans une orgie de plastique et de peluches. Longtemps j'ai pensé que toutes les petites filles du monde étaient pareilles, qu'elles s'adonnaient universellement à ce genre de loisir.

Moins vite. D'accord.
Pardon.

Je n'avais pas envie de venir aujourd'hui.
C'est comme ça.
Ça m'épuise.

Au fil des mois, avec Hortense, une sorte de silence s'était installé entre nous, à force d'attendre. Je n'arrivais pas à en parler avec elle. J'avais peur d'éclater en sanglots, de ne pas avoir la force. On vivait notre chagrin chacune dans son coin. Pareil pour Léo. J'en veux tant à Thomas pour ça. Cette blessure est irréparable. C'est comme un petit meurtre, pour leur enfance. Un petit cadavre qu'ils porteront toute leur vie. J'ai tenté quelques fois de dépasser ma peine pour en parler avec eux mais je n'y arrive pas. Hortense est si pudique, si agacée par mes questions, même les plus innocentes, que je ne me voyais pas lui redemander de façon frontale si elle avait quelque chose à me dire. Le silence, c'est cruel, ça met toujours les autres en situation de doute. Est-ce que l'autre s'ennuie, me juge, m'apprécie, me déteste ? Thomas avait réussi, par son départ, à faire que le lien se coupe entre ma fille et moi. C'était perdu. Mais est-ce qu'on avait déjà été vraiment proches, elle et moi ? Reliées d'une quelconque manière, au-delà du lien filial ? Je fouillais et je regardais tout dans sa chambre, et je lisais ses journaux et je regardais dans ses poubelles. J'ai fait ça. Et puis un jour, en croisant ma tête dans le miroir, j'ai sursauté, j'avais l'air complètement cinglée. Hortense m'a dit ça un jour : « Maman, arrête de me regarder comme ça, tu ressembles à une psychopathe. » Est-ce que vous trouvez que j'ai l'air d'une psychopathe ?

Je ne pouvais pas me dire que c'était envisageable, possible. Que ces choses-là se seraient produites chez moi sous mon toit. J'aurais pu me tuer si j'avais su que je ne l'avais pas protégée. Mais j'ai été lâche aussi. Je ne voulais pas les disputes, les cris, les conflits. Et puis il y avait plus inavouable aussi. Je me disais, s'il a abusé d'elle, alors nous connaissons le même Thomas, elle et moi. Je sais que c'est terrible de penser cela. Ça formait quelque chose entre nous de tout à fait inattendu. Je me retrouvais en rivalité avec Hortense, et cette pensée était évidemment une chose affreuse. Voilà où ça mène, ce genre de situation. À envisager l'impossible. Tous les jours, je me disais : ce soir, j'en parlerai avec elle. Comme une bonne mère. Une mère respectable. Sauf que je n'y arrivais pas. Encore aujourd'hui parfois, j'ai un doute. Pire, il m'est arrivé de me dire que j'ai provoqué tout ça. Je les ai emmenés loin de tout, à la campagne, comme s'il fallait quitter quelque chose tout le temps pour se réinventer, pour exister. C'est vraiment une idée bête. En tout cas elle est très répandue. Avant d'arriver à Valroye, j'avais cet espoir très romantique et qui revenait sans cesse : nous nous en sortirons. Il y avait une autre vie, abstraite, ailleurs, qui nous attendait. Hélène l'avait fait, en devenant actrice, et Joan aussi, en allant vivre à la Commune. Elles avaient tout perdu, mais elles m'offraient le miroir déformant de l'aventure.

Quand j'ai annoncé à Thomas que j'abandonnais l'enseignement pour reprendre les vignes de mes parents, je savais que le choix était inéluctable, que je ne survivrais pas sans. C'était sorti d'un coup d'un seul. Les mots avaient franchi la frontière de la bouche, comme un projectile. Il fallait me suivre, c'était ça ou la mort. J'avais l'impression qu'en vivant à la campagne, on allait se racheter une pureté, on survivrait dans la grâce. Je n'ai pas pensé sérieusement aux conséquences que cela aurait dans la vie d'Hortense, et encore moins de Léo, comme si les enfants s'adaptaient tout le temps à tout, comme s'ils ne portaient les séquelles d'aucune séparation. Je crois que ma fille m'en a voulu atrocement à partir de ce jour, et que cela les a ligués inconsciemment, Thomas et elle, et Hortense et Léo, contre moi. Ils ne pouvaient pas m'arrêter, et ils m'ont suivie.

Je me sentais malhonnête en restant dans l'enseignement. Je voulais commencer vraiment ma vie, avec cette illusion que tout ce qui avait été fait avant était une pure perte de temps, un brouillon. Que demain, je dessinerais le chef-d'œuvre. C'est une vision assez commune, cette certitude que la vie est devant, que jusqu'à maintenant on a tout raté mais ce n'est pas très grave parce qu'après ce sera merveilleux. C'est téléologique, c'est religieux même. Au bout du tunnel noir de la vie, la lumière, la récompense, le Paradis ! Autour de moi, tout le monde faisait des « reconversions professionnelles », c'était devenu le grand truc. Sauf que la vie, ma vie passée et présente, elle était autour de la table, bien réelle, avec mon mari et mes enfants. Donc quand j'ai annoncé à ma petite famille qu'on partait pour Valroye, Hortense a levé ses yeux de son assiette en disant que « jamais de la vie » et Léo a répété pour faire comme sa sœur : « Jamais de la vie. » Thomas a ajouté que quand même, j'aurais pu attendre que les enfants soient couchés pour en discuter. Mais le ton devait être suffisamment ferme, la situation particulièrement inhabituelle parce qu'ils se sont faits à l'idée. À l'époque, je ne mesurais pas encore l'urgence des choses. Je disais seulement que notre mode de vie était « malsain », d'une manière assez esthétisante. Ce n'était pas encore les questions de survie que nous rencontrons aujourd'hui. Je me rappelle, je leur disais : en ville, nous ne voyons pas le ciel ; nos loisirs sont payants ; nos sens sont atrophiés ; nous ne savons pas nous nourrir. Alors, moi, j'avais un plan. Je venais de la terre, j'avais vu mes parents la bêcher, la planter, j'allais y retourner. Thomas pouvait travailler partout, avec son ordinateur. Je ne me souciais même pas de savoir s'il avait envie de quitter Paris, s'il avait des liens, des amis, des habitudes qu'il n'avait pas envie de changer. J'avais une petite idée des années à venir, comme tout le monde je sentais le vent tourner, sans y croire, sans me dire : ça y est, on entre dans la fin du monde. J'assénais avec une aberrante légèreté qu'à la campagne, au moins, nous ne manquerions jamais de rien. Et donc, il y a dix ans, nous sommes partis tous les quatre pour Valroye.

Moins vite. Pardon. J'oublie.

À la fin de l'année scolaire, nous avons fait un dîner pour dire au revoir à nos amis. Hélène était ravie pour nous. Joan a dit qu'elle viendrait nous aider aux vendanges, avec cette gentillesse américaine toujours suspecte. Mais elle n'est jamais venue à Valroye, parce qu'elle avait tout le temps peur de se faire prendre par la police et renvoyer aux États-Unis. Elle a vécu toutes ces années sans papiers.

Dès les premières heures à la campagne, j'ai eu le sentiment que cette fois, il n'y avait pas d'autre vie enviable, que nous allions y rester pour toujours. C'était très beau car autour de nous le paysage changeait tous les vingt kilomètres, laissant place à des vallées, à la lumière, à des forêts. Je me disais, voilà, c'est un signe, on nous accueille, nous entrons dans la clairière des choses. Au fond, c'était une petite vengeance. J'avais le sentiment d'avoir tout donné à mon mari pour son bonheur, sa thèse, son travail, une famille, du temps pour travailler. Maintenant, c'était mon tour. Il le savait, mais ces choses-là ne se disent pas explicitement, c'est pour ça aussi qu'il n'a pas vraiment montré de réticences, qu'il n'a pas osé. J'étais comme absorbée dans cette nouvelle vie à venir, cette passion prenait toute la place. J'avais enfin le sentiment de pouvoir exister à mon tour.

Tout était prenant à Valroye. Les vignes que m'avaient laissées mes parents étaient si malades qu'il a fallu assainir les choses, à commencer par le sol, pollué par des décennies de phytosanitaires. J'ai décidé de ne pas remplacer les manquants, c'est-à-dire les pieds qui étaient morts, qu'on avait arrachés et qui laissaient des espaces vides, parmi les vivants. Il y avait des trous ici et là. Parfois, je plantais un poirier, mais la plupart mouraient. Comme si on ne pouvait pas remplacer ceux qui partaient. Les enfants voyaient de moins en moins leur père, parce que Thomas avait trouvé un poste très vite dans la ville d'à côté. Et puis, au bout de trois ans d'un travail acharné à la vigne, la terre s'est remise à respirer et à vivre. C'était très beau de voir des vers, des champignons revenir dans les sols. Et aussi quelques oiseaux et des insectes butineurs. On se sent très puissant quand on cultive la terre. C'est aussi un danger, parce que l'agriculture c'est aussi posséder et contrôler. La question c'est toujours : comment cultiver sans étouffer, sans blesser, sans forcer ? Comment accompagner la nature plutôt que de l'exploiter ?

Ce nouvel emploi du temps, comme on dit, était vide des heures du temps d'avant. Le temps compté des humains. Mon corps, cette masse autrefois encombrante, s'était réveillé de sa torpeur. Je dormais peu, je me levais tôt. Dans les mois d'hiver où le vin se fait lui-même dans les cuves, après une matinée de taille qui me laissait les mains en sang, je m'accordais des moments d'une bienheureuse langueur. J'allais longer le fleuve. J'avais le sentiment que, dans ces paysages submergés de splendeur, quelque chose de grand allait advenir. Dans les périodes d'accalmie où la planète semblait réguler d'elle-même ses poisons, j'ai connu là des heures d'un insolent bonheur.

Je ne voulais plus être l'infirmière, la psychologue, la maman. Je ne pouvais plus être aux petits soins de tout le monde. J'avais trop à faire. Quand la terre souffrait, je souffrais avec elle. Les saisons, dont j'avais oublié les subtilités, me traversaient intimement. Je ressentais dans ma chair les chemins de sève, les maladies du bois, la blessure de la grêle. Je me suis mise à m'intéresser aux marées, à l'alignement des astres. J'ai ressenti plus d'une fois le vertige de l'univers, devant ces baies qui étaient comme autant d'étoiles. J'ai dû imaginer sans cesse une autre économie du corps pour arriver à travailler seule. J'avais adapté les outils à ma physionomie. J'en venais à calculer les calories et les heures de sommeil, afin de devenir comme les animaux qui m'entouraient et qui travaillaient avec moi ; je devenais mon chien ou mon cheval de trait, une bête de somme. Lui et moi étions devenus collègues, à parfaite égalité. Je parlais aussi à mes vignes, et même aux levures. J'ai entretenu une relation très fusionnelle avec tout ça.

Je vous vois sourciller. Excusez-moi, mais je refuse d'endosser la responsabilité de son départ. C'est trop facile.

Après, hasard de calendrier, au moment où Thomas a perdu son emploi, les choses ont aussi commencé à se dégrader dans le vignoble. Je perdais des récoltes. J'ai commencé à planter d'autres cépages, mais ça ne prenait pas. Je lorgnais sur les champs de céréales en me disant que c'était sans doute plus rentable, sans me dire que c'était sérieux, qu'on en arrivait vraiment, là, à la menace de la famine. J'avais peur, et puis ça partait. Comment pouvions-nous, dans une campagne reculée en plus, manquer de quoi que ce soit ? Au début, on prenait les choses avec légèreté, on s'était toujours débrouillés. Et puis, la nature vous entraîne, avec ses cycles. Malgré les difficultés, la vigne vous récompense. Il y a les moments de joie, les rencontres, les vendanges, les fêtes, où tout se mélange, où l'on déploie des efforts physiques surhumains, où on découvre de nouveau la solidarité, des amis vignerons venus de loin pour aider. J'en oubliais la gravité des choses. À ce moment, nous étions portés par une force immémoriale, celle de la terre, avec sa promesse d'infinies délices. C'était un moment si intensément heureux qu'il conférait presque à la douleur ; il m'en fallait peu pour me réjouir d'être en vie, une année de plus.

Hélène

Dans mon métier, je ne rencontre que ce genre de mecs. Je ne crois pas qu'ils soient méchants, des meurtriers, des incestueux ou des violeurs, juste : ils ont cette possibilité. Ils s'autorisent cela. C'est une suite logique des choses. Jouer sans perdre. Et ils ont l'argent, c'est ça la différence avec, je sais pas, vous par exemple. Ils peuvent le faire parce qu'ils sont d'abord des êtres seuls, singuliers, qui avancent, et que les femmes plient devant eux depuis leur naissance, la mère suivie de la femme, l'éternel féminin. L'éternel féminin c'est l'éternel pouvoir exercé par l'autre, c'est la dictature des hommes qui veulent être chéris par des femmes qui resteront quoi qu'il arrive, même s'ils les piétinent.

Thomas avait un appart'. Admettons. Comment expliquer ça de manière froide, scientifique ? Cette vie dans l'ombre, non, cette envie de l'ombre ? Ce goût pour le secret, cette manière dédoublée d'avancer en sachant qu'on peut être ailleurs, qu'on peut prendre la contre-allée, échapper à la fatalité d'une seule existence ? C'est comme s'il superposait des strates, une vie en millefeuille. Si le bail existe depuis vingt ans, c'est que Thomas devait être terrorisé depuis le début, de se perdre, de se dissoudre dans le mariage. Alors même qu'il l'avait provoqué, ce mariage, qu'il le voulait. C'est vrai que c'est effrayant mais rien ne l'obligeait à être père et marié et tout ça. Enfin, je dis ça, ce n'est pas comme si on décidait de quoi que ce soit dans la vie… Thomas, en bon gestionnaire, avait prévu le coup, la porte de sortie. Dès son mariage, hop, une antichambre. Ce serait inconcevable pour une femme, ça. Imaginez. Elle se marie, elle a des enfants, mais elle a un monde à elle, caché. Une *fillonnière*. Il n'y a même pas de mot pour ça. Ça n'existe pas dans l'espace mental des potentialités. Une femme à la solitude heureuse. Qui croit en sa valeur intrinsèque. Qui s'autorise une vie cachée. Qui se fout de la gueule de tout le monde, avec un grand sourire – pas grave. On dira plus tard qu'elle était « bonne vivante ». Ça n'existe pas.

Je sais que Thomas ne voulait pas dire à Claire à quel point son travail lui pesait. Il aimait vraiment sa femme, il voulait la suivre dans toutes ses entreprises, qu'elle s'épanouisse. Il y a eu les années avec du gel dans le vignoble, ou de la grêle, ou de la sécheresse, ou des bestioles, de l'oïdium, du mildiou, de l'esca, de la coulure, n'importe quoi. Elle perdait de plus en plus de récoltes, le vin se vendait mal. Il m'en parlait à moi, parce qu'il ne voulait pas inquiéter Claire, et aussi, je le comprends aujourd'hui, parce qu'il devait bien se culpabiliser de ses histoires, alors il faisait tout pour rendre la vie de sa famille plus douce. Ça devait être un cercle infernal pour lui, je n'ose même pas imaginer l'énergie et le temps que ça prend d'avoir une double vie si organisée.

Claire avait un certain mépris pour le métier de Thomas. Il le sentait, mais c'est aussi lui qui les faisait vivre, financièrement, tous les quatre. Et puis, Claire était tombée amoureuse de ce gars-là, pas d'un altermondialiste vivant dans une ZAD. C'était là toute l'ambiguïté de Claire. Elle était radicale jusqu'à un certain point, jusqu'à garder un minimum, un statut social qu'on n'attaque pas. J'en connais plein des comme ça. Comme mes petits camarades anarchistes et rentiers. Ils ne sont pas toujours au clair avec ces trucs-là. C'est la même torsion psychologique. Ceux avec qui je faisais du théâtre, le plus souvent bénévolement, dans des troupes désargentées, du théâtre avec des costumes et des décors trouvés dans les poubelles, étaient tous peu ou prou des héritiers. Oh, pas de grand-chose, ce n'étaient pas de grandes fortunes, vous pensez bien. Mais ils avaient juste assez de capital pour avoir ce petit pied-à-terre, ce petit deux pièces parquet-moulures-cheminée qui vous sépare de la nécessité. Qui vous permet de donner des leçons de gauche. Le vrai luxe dans ce métier, il n'est pas matériel. Ce qui donne une longueur d'avance, c'est le fait d'avoir plus de temps que les autres. Plus de temps pour répéter, apprendre des textes, rencontrer des gens, affiner son jeu, voire son corps. Quand je finissais par découvrir qu'ils étaient exactement à la place de ceux qu'ils disaient détester (en gros : les possédants), il y avait toujours une excuse, un tortillage du cul autant que cérébral. Une explication à six bandes pour se justifier. « Oui, mais moi ce n'est rien, c'est tout petit, et comment j'y arriverais sinon ? » C'était trop difficile d'assumer qu'ils faisaient partie des dominants. Forcément, dans le milieu radical, ça fait tache. Pour vivre en anarchiste il faut posséder un peu. C'est ça qui est dur à admettre. Tout simplement parce que les pauvres qui vivent dans les HLM, qui sont relégués dans les quartiers des périphéries, ils en ont soupé de la dépossession. Ils sont seuls et ils ont rien à part le bordel. Ce désir de frugalité dans le monde militant est ignoble, parce que ça crée des petites guerres entre nous, où l'on en vient à se demander : qui est le plus bourgeois, qui est le plus radical ? Il y a une police au sein de ce monde aussi. Il faut lutter contre, se protéger de l'intérieur, tout en menant les autres luttes extérieures.

À la Commune, on n'a plus pied dans la vie d'avant. Si on ne bosse pas pour manger, ben on bouffe pas. Point. Il n'y a pas de vacances, pas de week-ends et pas de possessions, mais on ne vit pas sans argent, ce n'est pas vrai. Et on ne vit pas non plus sans les structures qui ont préfiguré notre petit monde. On a bénéficié des routes, par exemple. Et de l'eau, et de l'électricité. On vit dans une relative quiétude aussi, et qui n'est pas due qu'à notre seul isolement. Là on a besoin de rénover plusieurs cabanes et le réfectoire et tellement d'autres choses qui tombent en ruine et bon sang, si on pouvait en finir avec cette procédure, ça nous donnerait un vrai coup de main.

Il y a eu un moment, vers la trentaine, où j'ai senti le vent tourner. C'est là où je me suis dit qu'il fallait que je change de vie. Petit à petit, ceux avec qui j'avais passé des soirées à discuter politique, ceux qui se qualifiaient de marxistes, ceux qui avaient collé des trucs sur les murs avec moi commençaient tous à se marier et/ou à faire des enfants et/ou à acheter des appartements et/ou des maisons de campagne avec l'argent de l'arrière-mamie et/ou à parler de l'école privée de leurs gosses et/ou des vacances à la mer et/ou du salaire de la femme de ménage qui avait augmenté et/ou des cours d'équitation et/ou de ski et/ou de musique et/ou des impôts qui étaient trop élevés et/ou de la réunion de copro qui était paraît-il un enfer, pauvres petits chatons. Le pire, c'est que la plupart du temps, c'était dit sans honte. Tout cela était parfaitement normal, alors qu'ils étaient l'exception. D'autant plus que le propre des dominants, c'est d'ignorer qu'ils le sont ; or dans ce milieu, je ne connais pas beaucoup de gens, à part Joan peut-être, qui n'ont vraiment rien. Qui n'ont ni économies, ni retraite programmée, ni biens matériels. Quand, à Paris, j'ai réalisé que même dans le théâtre le plus militant, je fréquentais une armée de propriétaires, j'ai réalisé qu'on ne pouvait plus se comprendre. Politiquement, nous ne serions jamais du même bord. C'est là où Joan et moi on se ressemble, pour toujours. Elle a peur de l'expulsion, toute sa vie s'organise autour de cette peur, et moi je suis à un cheveu de la misère totale, la preuve c'est que longtemps je n'ai eu que mon corps à vendre, comme seule valeur, comme seule marchandise. Rien ne nous protège, elle et moi. Ce qui est fascinant avec Joan c'est qu'elle est passée de la jeune fille sage à la révolutionnaire, tout ça à cause d'un sale propriétaire... Elle ne vous a pas raconté ? Elle vous racontera. Ceci dit, je ne veux pas m'ériger en figure de pureté, incorruptible, pas tentée aussi, parfois, par le confort ou la facilité. Faut pas croire. Moi aussi, j'ai eu ce fantasme, comme Claire : m'en remettre à quelqu'un, rien que pour souffler. C'est pour ça que je dis que, dans les mouvements anarchistes, mes camarades et moi étions rarement sur la même longueur d'onde. Eux clamaient la liberté, moi je m'en foutais. Eux voulaient le désordre, et tout saccager. Moi, ma vie menaçait à tout instant de verser dans le chaos. Si ça m'avait amusée à vingt ans, ça ne me faisait plus rire du tout à trente et au-delà, parce que le rêve anarchiste, ce n'est pas *détruire*. Je réalisais que les camarades qui m'entouraient étaient en réalité bien plus repus que moi d'ordre et d'équilibre. Ils étaient saturés d'ordre et cherchaient à s'en défaire ; moi je voulais la justice, l'harmonie et le calme. Je m'en fous du bordel. Le monde est un bordel déjà.

Ce qui est génial à la Commune, c'est que nous ne servons à rien. Nous sommes sorties de la prison des regards, des devoirs. Nous nous accommodons du rien. Claire, pour ne pas emprunter, pour que nous restions libres, nous a proposé de mettre l'argent de la vente de sa maison à disposition, pour que l'on se dégage de l'emprise des banques. L'argent de leur vie, de leur couple, désagrégé, pour tout le monde. Qui, aujourd'hui, a l'humanité de faire ça ? D'avoir le courage de perdre ?

Pendant longtemps, tout allait bien dans leur petit couple de banlieusards. Sauf que le licenciement de

Thomas, ça a été le point de bascule. Un choc très profond pour lui. Ça l'a détruit. Il a pété les plombs. Un jour, il a découvert que les écrans de sa Grande Entreprise étaient contrôlés à distance par des systèmes permettant de savoir si l'employé était bien à sa tâche. Les plages d'« inoccupation temporaire », consciencieusement remplies, enrichissaient les archives des DRH sans que l'employé en soit informé. Ce système de surveillance permettait ainsi une incursion très intrusive dans la vie des gens. Pire, la direction pouvait connaître en détail des recoins intimes du passé. Thomas avait vendu des données, infiltré des systèmes bancaires, il était super-fort dans le vol d'identités. Avant ses dix-huit ans, il avait bien fait baver ses parents : centre éducatif fermé, travaux d'intérêt général, stages de bonne conduite... Est-ce que c'est ça qui nous rapprochait lui et moi ? Son passé de *bad boy* ? En tout cas, devant sa femme et ses enfants, il voulait être insoupçonnable. C'est pour ça qu'il était tout le temps stressé, sur ses gardes. J'ai compris ça bien plus tard. Son côté coincé, c'était ça. Il regardait tout le temps par-dessus son épaule, il était parano.

Quand il a commencé à travailler pour sa multinationale, c'était la suite logique de ça. Une criminalité en complet-cravate. Ses missions consistaient à manipuler des informations sensibles et à effectuer des opérations bancaires à la limite de la légalité. À cause de ce système de surveillance, Thomas a eu très peur que sa vie passée puisse être divulguée à ses employeurs qui le voyaient, j'en suis sûr, comme un homme de confiance. C'est une période où Thomas a perdu pied, il m'en parlait souvent. Il venait même me voir à Paris, lorsqu'il avait des missions. Je n'en parlais pas à Claire parce qu'elle aurait été blessée par cette intimité, alors que franchement, il n'y avait pas de quoi. Quelque chose, dans la routine des jours, s'était déréglé dans sa vie. Se sentir épié sans être sûr de l'être l'avait jeté dans une inquiétude permanente, au point qu'il avait perdu toute liberté intérieure. Il était persuadé d'être, à chaque instant, pris en faute. Face à des protocoles mille fois, dix mille fois exécutés, il s'était retrouvé du jour au lendemain comme un petit enfant perdu devant des idéogrammes chinois. Il se sentait bête. Il restait béat devant des systèmes dont il mesurait pour la première fois la complexité. Le problème c'est que, au fil des jours, les fautes s'accumulaient : il intégrait les mauvaises formules, commettait des erreurs de débutant. En deux semaines, ses supérieurs ont commencé à jeter un œil à ses dossiers, où ils ont relevé très vite des omissions grossières. On l'intime de se reprendre en main. Il prétexte un coup de fatigue, mais la méfiance de ses supérieurs est totale. Il dégringole. Il est exclu petit à petit des réunions importantes. On ne le convoque plus à des « points » à la con à sept heures du matin. Il ne me dit plus au téléphone, sur un ton mi-amusé mi-arrogant, « Ma vie est un enfer » ou « On ne pourra pas se voir à ces dates, je suis en Chine ». Avant, Thomas arrivait à se contenir. Là il me racontait que, parfois, dans les moments les plus inattendus, quand il faisait des maths avec Léo par exemple, il pouvait se mettre à chialer comme un veau devant son fils mortifié.

Dans les semaines qui suivent il retourne au bureau, déterminé à redorer sa réputation. Sauf qu'il ne s'enlève pas de l'esprit que chaque opération, chaque ligne de code est désormais scrutée à la loupe, sans compter que tôt ou tard, on en saura long sur son passé de loulou. Là, il est pris d'un beau cas de somatisation : sa vue se brouille. Autour de lui, les objets, la lumière, les contours se floutent. Il consulte un ophtalmo, fait un paquet de tests. Dès qu'il se retrouve devant un écran, ses yeux se noient de larmes. Un jour, il m'appelle et il me dit : « Je suis cuit. » Évidemment, il n'arrivait pas à parler à Claire qui, elle, au même moment, jubilait dans son chai. Et puis, l'inévitable est arrivé, il s'est fait virer. Alors, Thomas est devenu fou. Il ne dormait plus. Il se relevait vers deux ou trois heures et sortait pour se fatiguer. Au matin, il me racontait que Claire l'attendait dans la cuisine, tétanisée, les mains recroquevillées sur une tasse de thé. Il en arrivait à un tel état de fatigue qu'il en était presque ivre.

Claire ne m'en a jamais rien dit. Pas un coup de fil. Pendant toute cette période. Rien.

Joan

Quand je suis arrivée en France, je vivais dans une petite chambre de bonne, au septième étage, accessible uniquement par un escalier de service. Thomas et Claire venaient souvent me voir. On discutait par terre ou sur mon lit, avant de sortir dans Paris. On ne parlait jamais de ma vie amoureuse, je passais pour la *prudish*. Un jour, un peu éméché, Thomas m'avait même demandé si j'avais déjà vu le loup. « *The what ? – The wolf. – Which wolf ?* » C'était devenu une blague à force, et c'est cette camaraderie qui comptait. C'est de cela dont je veux me souvenir, pas des histoires sordides de Thomas. Qu'il ait eu un appartement, qu'il nous ait toutes trompées, dans tous les sens de ce mot, c'est triste, c'est sordide, mais il y a aussi eu des jolis moments. Plein.

Depuis mon arrivée en France, le sentiment qui m'a le plus traversée, c'est la peur. J'ai eu peur de la police ; peur des fonctionnaires ; peur des propriétaires de mon appartement. Est-ce qu'il aurait aussi fallu que je me méfie de l'un de mes plus proches amis ?

J'ai rencontré plein de gens au début, au septième étage. Des étudiants, des étrangers qui ne parlaient pas français, des femmes noires avec leurs enfants. On était entre nous. Entre étrangers. J'apprendrai plusieurs mois après mon installation qu'un locataire était mort étouffé dans un incendie dans la chambre en face de la mienne. Des voisins différents me racontaient cette histoire chaque fois sans émotion, comme un simple vice de forme. Quand je passais devant la porte de ce monsieur, il y avait comme un fantôme derrière. La nuit, beaucoup de cafards se faufilaient sous ma porte si bien que, quand je me réveillais, je découvrais que je n'étais pas du tout seule, contrairement au sentiment qui souvent m'étreignait, dans la grande ville. Le couple qui occupe la chambre contiguë à la mienne se dispute sans cesse. Elle travaille en banlieue pour payer le loyer, lui fume des pétards toute la journée. Un autre voisin, jeune catho pratiquant, heureux d'avoir une adresse prestigieuse malgré des conditions de vie déplorables, me rend régulièrement visite. D'abord, il veut que je lui donne des leçons d'anglais mais il est de si mauvaise foi qu'on abandonne. Il parle beaucoup, surtout des États-Unis alors qu'il n'y a jamais mis les pieds. Il m'apprend ce que sont les États-Unis, *how we are, how we live,* et aussi : quel est notre rapport d'Américains à l'Histoire. Quand je me permets de nuancer, il parle plus fort pour ne pas m'entendre. Un autre soir, il me demande si j'estime que la sodomie préserve la virginité. Il débattra longuement avec lui-même sur la question en termes hautement théologiques. Une petite foule se côtoie ainsi, compagnons d'infortune qui vivons les uns sur les autres, partageant bruits, toilettes sur le palier et produits contre les cafards. C'est d'ailleurs souvent ainsi que les conversations commencent : « Et chez vous, vous en avez ? » Je racontais ça à Claire et Thomas qui riaient de mes histoires, en même temps qu'ils étaient affligés.

Une des choses qui m'ont le plus étonnée, quand je suis arrivée en France, c'est l'idée qu'on se fait de l'Amérique. Ceux que je rencontre, à la fac, dans les bars, dehors, dans la rue, les commerçants, les gens qui attendent à la buanderie, me disent : « Mais quelle chance de venir des États-Unis ! Moi je rêve de partir là-bas. » Ils veulent partir, ils rêvent de le faire un jour, ils ont tous ce fantasme stupide, sauf que personne ne le fait. Ou alors pour trois mois, trois ans, pas plus. Parce qu'il n'y a rien de plus difficile. Il n'y a pas d'arrachement plus grand que de se sentir obligé de partir pour des raisons intimes. On vous jugera toujours. Les migrants fuient les guerres et les famines. Les gens comme moi fuient la honte, le destin tout tracé, et cela ne s'explique pas facilement, comme ici, devant vous. C'est trop secret. C'est trop compliqué. Et la police, et les gens qui travaillent à l'immigration, ils n'ont pas le temps. Les gens sont trop pressés pour vous écouter, et c'est normal, j'imagine. En tout cas, quand je comprends que je n'ai pas d'autre choix que de fuir à la Commune, je deviens gentille, parce que je suis en danger. Je me calme. J'arrête les manifs, la violence, j'arrête. J'apprends la vie française. Ce sont des choses extrêmement subtiles, la vie française. Comme quoi ? Vous voulez savoir ce que j'apprends ?

J'apprends que, lorsqu'on me propose une aide quelconque, je dois refuser.
Que manger seule dans son coin s'apparente à de la maladie mentale médicalement diagnostiquée.
Que lorsqu'on ne vous répond pas, c'est une manière polie de dire non.
Qu'on ne badine pas avec ce qui reste de l'aristocratie.
Qu'on ne doit jamais s'excuser, ni reconnaître ses torts.
Que personne ne me dira jamais : « Je ne sais pas. »
Il faut savoir.
Au risque de dire n'importe quoi.
Qu'arriver à l'avance chez des gens est la preuve d'une impolitesse suprême. Par contre, arriver avec une heure de retard sera toujours pardonné.
Qu'il ne faut pas trop sourire. Ça fait mauvais genre.

Que lorsqu'un homme m'aborde, il ne faut pas être avenante.
Que la famille est une chose importante.
Que je ne dois pas me vexer lorsqu'on me reprend sur ma diction et les mots que j'emploie.
Aussi, je ne sais pas m'habiller, ni me coiffer, ni me tenir. On me fera souvent des remarques à ce sujet. Ici aussi : ne pas s'emporter.
Je ne sais pas à qui, ni quand, il faut dire « Bonjour ». Alors je le dis en permanence, à n'importe qui. Je confonds le vouvoiement et le tutoiement. Au point que je me mets à vouvoyer tout le monde, même des camarades plus jeunes que moi.
Je ne comprends pas pourquoi c'est si difficile de parler d'argent. Pourquoi est-ce un problème d'exiger un salaire ?
Parfois, quand je trouve quelque chose beau, je dois cacher mon émoi, pour ne pas avoir l'air provinciale.
Et tant d'autres choses encore.

À l'étage juste au-dessous, mes propriétaires habitent un appartement gigantesque, décoré dans un style italo-kitsch. Le *pater familias* est un cadre d'une entreprise française de pétrole qui s'expatrie six mois par an en Asie. Le jour de la signature du bail, il m'explique, avec un air de commisération sincère, que je devrai régler mon loyer en espèces en raison « des impôts qui sont très élevés ». Louer un appartement sans garant ni salaire français est si difficile que j'accepterais tout ce qu'il m'offre et ça, il le sait. Me faire ainsi confiance, c'est l'aumône pour lui. Et c'est ainsi que je dépose mon dû le premier de chaque mois dans une enveloppe sous sa porte. Il ne faudrait pas que nous nous croisions trop souvent (la pauvreté s'attrape, comme les maladies).

Claire et Thomas, heureusement, me donnaient un autre visage de la France. Je soutenais ceci : ce que mes propriétaires me disent, du plus profond d'eux-mêmes, c'est que le rang social qu'ils occupent, trois étages sous le septième, et celui que moi, je tiens, sont coupés par un mur infranchissable. Leur standing leur revient de droit. De fait, cette exclusion est pensée dans l'architecture même du bâtiment. Nous qui empruntons les escaliers de service avec nos sacs de courses et nos packs d'eau n'avons pas non plus accès à l'ascenseur social. Ce sont des mondes qui partagent la même adresse mais qui ne se frôlent pas, qui ne se frottent pas. Ils sont pensés de manière à ce que les circulations soient empêchées. Nous n'existons qu'une seule fois par mois, par l'argent, cet objet circulatoire, anonyme, sans écriture comptable, sans trace. C'est une certitude inscrite dans leurs gènes, dans un atavisme qui autorise toutes les violences. Tant qu'ils logeront illégalement des étrangers et des pauvres en les faisant payer sous la table, ils maintiendront intact un mode de vie qui comprend les vacances, le confort, l'espace, la liberté, et, dans une mesure relative, la beauté. Des choses qui, au septième, nous sont interdites, et auxquelles, à moins d'un miracle, nous n'aurons jamais, ou alors difficilement accès. Et si nous y accédons, ce sera toujours suspect. Nous ne ferons jamais que singer un mode de vie ; nous serons des parvenus, et tout cela sera vécu avec une culpabilité, un sentiment profond d'illégitimité. Aux obsessionnelles questions françaises (« Que font vos parents ? » et « Quand rentrerez-vous donc chez vous ? »), toute prétention d'installation pérenne serait aussitôt dénigrée. Cela, je le sens dès les premières semaines de mon arrivée à Paris. *There is « them » and there is « us »*. Et les choses ne peuvent se troubler, comme l'huile et l'eau. Heureusement, à la Commune, la plupart des gens sont comme moi, ils viennent des franges les plus fragiles de la société, il n'y a pas de tels écarts. Mais les choses changent, d'ailleurs. Je vois arriver depuis quelques années des enfants de bourgeois, en rupture, et c'est difficile pour eux d'accepter, par exemple, que leurs avis ne comptent pas plus que celui des gens moins bien nés.

Dans ma chambre de bonne, dans nos innombrables débats, Claire soutenait que les Français n'étaient pas racistes. Que c'était une attitude classique des possédants vis-à-vis des autres, mais que ça n'avait rien à voir avec la race, plutôt avec la race sociale. D'après elle, que je sois étrangère n'avait aucune importance. La haine de mes propriétaires n'était pas fondée sur le racisme mais sur une solidarité universelle des nantis. Seul le capital comptait, au-delà de l'origine. Thomas, lui, minimisait mes peines. Il disait des choses aussi scandaleuses que « Mais c'est dur pour tout le monde ! » ou « On n'est pas dans un système de castes, va en Inde... », etc. J'aurais pu le frapper. Il ne réalisait pas sa chance, jamais. Si tout s'écroulait dans sa vie, il pouvait toujours s'en remettre. Même en quittant tout, comme il l'a fait, Thomas savait qu'il s'en remettrait. En vérité, j'ai eu assez peu d'empathie pour lui quand il s'est fait virer. Au téléphone, je lui disais mais *wake up !* Je trouvais sa dépression complètement médiocre et facile. Bouhouhou, *poor little thing*. Son attitude m'avait ulcérée.

Quand je vivais dans la chambre de bonne, j'étais encore persuadée que le travail, le labeur au sens paysan, me permettrait d'avoir une vie décente. Je pensais que, si je travaille dur, le travail bien fait sera récompensé. Par exemple, la richesse de mon propriétaire ne me choquait pas. Il avait un certain âge, un métier qui a dû lui demander beaucoup d'études et des responsabilités importantes. L'humain ne mérite-t-il pas de gagner son pain à la sueur de son front ? J'ignorais encore qu'il existe des gens qui échappent à cette ordonnance. Mon goût pour le désordre viendra plus tard, quand je comprendrai qu'il n'y a pas de responsabilité, pas de volonté qui tienne. Thomas avait eu toutes les chances ; moi, même en travaillant d'arrache-pied, j'étais foutue. J'ai compris ça grâce à un petit incident, qui va tout changer. C'est la beauté des accidents. C'est toujours par ce qui fuit, par l'insaisissable, que les choses se troublent. Une histoire toute simple, une histoire de dégât des eaux, qui va radicalement changer mon rapport au monde, qui sera mon éveil politique.

Ce jour-là, je suis dans ma chambre, tout à mon étude, et j'écoute du Bach. Je le spécifie parce que ce détail aura son importance. À cause de la musique, je n'entends pas que quelque chose fuit, derrière l'évier, et coule sur plusieurs étages. Le propriétaire monte : « Ah, c'est vous qui écoutez de la musique ? » qu'il me demande, sourcil relevé, passant son nez aquilin dans l'entrebâillement de ma porte. Je revois le brillant de son costume aubergine en velours. Il avait des cheveux poivre et sel rabattus en arrière, ça contrastait avec les murs piqués de moisissures qui encadraient la porte. On regarde rapidement derrière l'évier, et en effet, ça coule. Il coupe les vannes, remonte, et le temps d'attendre le plombier, je le questionne sur ses cantates préférées. Il n'a pas envie de répondre mais il le fait par politesse, avec un petit rire de gorge, qui me signifie qu'il ne va quand même pas me parler à égalité. Il me parle d'interprètes que je trouve moyens. Surtout, je comprends qu'il ne s'y connaît pas vraiment. J'enchaîne sur mes goûts, et il est assez étonné par mon aisance, je crois, parce qu'il reste là, droit, un peu sur la défensive, les bras croisés, avec un air de retrait dégoûté, comme on peut l'avoir à l'approche d'un malade. Il veut absolument changer de sujet – après tout, on est là pour l'intendance, pas pour la haute culture. Il cherche à m'interrompre. Arrête de parler de ce qui m'appartient ! *Shut up !* Tu ne fais pas partie de mon monde ! Quand il me demande d'éponger avec la serpillère, toujours à distance, je renchéris, je continue à parler de ce que je connais. Il opine de la tête, vite qu'on en finisse. À son tour d'éponger. Sauf que ça le dégoûte d'avoir à se mettre les mains dans l'eau, cette même eau que, de fait, nous partageons. Il ne veut pas ouvrir les yeux sur mes conditions de vie qui contribuent en partie à son mode de vie cossu – et encore, je suis une goutte dans l'océan de sa crasse. Ça le dégoûte de voir dans quoi je vis, et comment je vis, pour son confort à lui. Alors que nous vivons à la même adresse. Que je respire le même air. Que je pourrais être sa fille, vu nos âges. Que cette personne qui le paye tous les mois, secrètement, dans une enveloppe honteuse, soustraite au Trésor français, cette fille n'est peut-être pas assez éloignée de lui sur l'échelle sociale pour qu'il se permette de l'exploiter salement. Tout ça, soudain, il le réalise, à cause de la musique, de cet ethos que nous partageons et qui le surprend.

Au moment de nous quitter, il se met à parler très vite. Il est déjà dans la cage d'escalier, qu'il a hâte d'emprunter, tout rouge : « C'est trop long, je vous envoie le plombier quand il arrive », qu'il lance de loin, masquant son trouble. Être capable de vivre de rien, n'avoir besoin de rien, apparemment, ça le dépasse. Était-il jaloux de ma liberté ? À moins qu'il n'ait eu envie de moi ? Une femme étrangère, vulnérable et inoffensive, en voilà une bonne idée. Un lit, un tapis, une table, n'est-ce pas le début d'un bon film ? Je n'arrive pas à savoir si ça lui faisait horreur ou envie, mais une chose est sûre : que nous puissions être proches le révulsait. Ne pas nous mêler, voilà la règle initiale. Et, à travers ce monsieur, j'ai le sentiment que c'est toute la société française qui circule, avec ses regrettées courbettes aux rois et sa mélancolie de grandeur. Quelques mois plus tard, quand il apprend que mon titre de séjour n'est plus en règle, ce bon catholique me vire de la chambre. Physiquement. Il prend mes affaires, les jette dans l'escalier, et moi avec, ferme la piaule à double tour et me hurle dessus de « dégager sur-le-champ parce qu'on va pas risquer quoi que ce soit avec des gens qui respectent pas la loi ». En disant ça il postillonnait. C'était grotesque pour un monsieur de sa condition, mais les gens de sa condition sont grotesques, et la vulgarité du bourgeois est sans fin.

À partir de ce jour, je décide de circuler dans la ville, la nuit, avec Hélène. Parfois, on brûle des Mercedes dans les beaux quartiers.

Claire

Oh oui. Très, très affecté. Mais d'une manière bizarre, surtout au début. Thomas a eu, juste après son licenciement et pendant quelques jours ensuite, une sorte d'état de grâce, celui du condamné à mort qui soudainement est gracié. Il était apaisé, serein. Plus rien n'était grave. Il flottait. Je crois que j'étais secrètement heureuse que ça se termine, avec cette entreprise. Il n'était pas heureux du tout là-bas, même s'il gagnait bien sa vie. Il m'a annoncé ça comme ça : « Je suis viré. » Je l'ai pris dans mes bras, et puis, j'avais beaucoup à faire, alors j'ai continué à planter des piquets avec ma masse ! Je voulais lui montrer que ce n'était rien, que ce n'était pas grave. Qu'on s'en sortirait, que je pouvais prendre le relais, qu'il pouvait compter sur moi, mais aussi que la vie continuait. Après, il m'a aidée à laver les demi-muids. Au bout de vingt minutes il n'en pouvait plus. C'est vrai qu'il faisait très chaud. Je m'étais mise en culotte. Thomas n'a jamais été très sportif, il n'arrivait à rien soulever, il était maladroit avec son corps. Le genre qui se cogne, qui trébuche, qui laisse tomber des trucs, qui casse tout. Le soir, on a dîné devant la maison sur la table en fer. Cela faisait des années que nous n'avions pas dîné ainsi, les pieds dans l'herbe. Léo jouait au basket devant la maison, Hortense n'était pas là. Tout était calme et doux. On se retrouvait.

Il y a eu quelques jours comme ça, légers. C'était inquiétant financièrement, parce qu'il avait été viré pour faute grave, une erreur professionnelle apparemment gravissime (je n'ai rien compris, il disait qu'il allait faire perdre des millions à la boîte, je ne voyais même pas comment c'était possible). Sauf qu'après quelques jours de béatitude, Thomas s'est enlisé. Il était là, à côté de moi, et il ne bougeait plus. Il me suivait parfois au chai, parfois il restait dans notre chambre toute la journée. Comme dans un état de choc bébête. Parfois, il parlait en pleurant, en disant « merci » la tête tournée vers je ne sais qui. La nuit, il me réveillait pour parler. De tout et de rien, de façon très chaotique. Il monologuait. Il parlait de son enfance et de son père atroce et de son sentiment d'échec et oui, parfois, c'est vrai, il a pu avoir des paroles inquiétantes, le suicide, tout ça. Surtout, il devenait peu à peu conscient du vide abyssal que ce travail avait créé dans sa vie. Vingt années volées. Les aéroports et les hôtels. Le fric facile. Une vie de services avec du personnel exploité. Entre nous deux, l'un détruisait les ressources naturelles, et toute dignité humaine, et l'autre s'acharnait à construire. Thomas ne se doutait pas à quel point ça m'insupportait quand il disait, avec fierté en plus, des choses comme : « J'ai couru entre mes réunions, à peine le temps d'aller aux toilettes » ou bien : « Je ne savais pas que c'était férié, tu ne m'as rien dit ? Je suis allé à mon rendez-vous, j'ai trouvé porte close » ou bien : « Tu sais chérie, nous sommes leader sur le marché ! » Je ne comprenais pas ce qui l'agitait intimement dans tout ça. Le plus dégueulasse, c'est quand il répétait : « Au moins, il y en a un qui bosse, ici ! » Contrairement à ce qu'il racontait, je ne vivais pas aux crochets de Thomas. Il était jaloux de moi, il était amer. On n'avait pas le même rapport au travail. Dans le vin, la douleur ou les inquiétudes sont toujours récompensées par la beauté des découvertes. La nature vous dépasse et vous rend humble. Dès les premiers jours à Valroye, j'ai été inondée de bonheur, mais pas Thomas. Je me suis un peu enfermée dans l'illusion d'une joie qui serait contagieuse, mais ce n'est pas vrai. Ça ne marche pas comme ça.

Cela dit, dans ses premiers mois de « chômage » – enfin c'est une expression car Thomas ne touchait rien du tout –, Thomas découvrait le calme. Ne rien faire, s'écrouler, c'est une révolte, c'est la vraie manifestation. C'est beau, le corps animal qui refuse. Qui veut la vie, qui veut le grand air. Thomas aurait pu choisir de changer de vie, m'aider à la vigne, mais non. Il aurait pu trouver un autre travail. Mais non. Il aurait pu profiter de cette période pour se transformer, mais il était bien trop effrayé à l'idée de changer, de désobéir à l'ordre des choses. Il s'est mis à chercher un boulot dans le même domaine, au même niveau de salaire, pour se remettre exactement dans la même prison qu'avant, retrouver la même logique. C'est confortable d'obéir. Mais je le sentais vraiment envieux, agacé par mon bonheur. Il me disait que j'avais beaucoup de chance d'avoir une passion, d'être embrasée par quelque chose de si haut. Toutes ces années, je m'adonnais à la vigne avec une énergie quasiment sexuelle ; une vie à mille lieues de la sienne, où ses sens s'atrophiaient dans le confort des salles climatisées. Un monde sans patron, sans obligations de rendement autres qu'un minimum d'hectos à l'hectare. Lui ne savait rien créer ; il était comme un petit enfant qui cherche constamment à se dérober aux regards.

Quand je regarde les photos, je me dis : admettons. Admettons qu'il ait eu un appartement. J'imagine que ce lieu, c'était ça aussi. Avoir une vie loin des regards. Il a vécu là des choses qui devaient équivaloir au bonheur que je ressentais. Moi, je sais où est ma place en ce monde. C'est un état. Thomas a découvert cela, en s'arrêtant, en me regardant faire. C'est là où, j'imagine, il a dû commencer à échafauder un plan de fuite plus sérieux. Thomas a voulu connaître ce feu, dans le secret de sa vie. Je le comprends.

Même si je ne reconnais rien de lui, rien de ses goûts, je me dis que oui, cette maison étrangère pourrait être la sienne. D'autant plus que, dans ce temps qui s'est soudainement ouvert devant lui, coupé de son ancienne vie, il se dégageait de toutes obligations. Plus je regarde les photographies, plus elles deviennent réelles. Je m'habitue. J'imagine que ce n'est qu'un décor, qu'il y a autre chose. Quelqu'un. Pas juste la petite histoire, mais la grande. Lui aussi a sans doute voulu goûter, comme moi, à sa manière, un peu de cette liberté radicale. Ne plus simplement être un corps, mais avoir un corps.

Hélène

Ce qui m'a motivée à partir, à quitter Paris pour la Commune, c'est quand Claire m'a vue sur un site. Elle a dû se dire, avec toute sa mansuétude habituelle : « La pauvre, il faut qu'elle sorte de là. » Alors que je ne l'ai jamais vécu comme un drame, ce métier. Je l'aimais. Je n'ai jamais eu l'intention d'en « sortir », mais le fait qu'elle me voie, c'était gênant. Alors que je n'ai honte de rien. Il y a eu une sorte d'effraction dans le réel quand elle m'a dit ça. Sur les écrans, c'est différent, je ne sais jamais qui sont les gens qui me regardent. Il y a mille yeux, c'est sûr, qui me voient sous tous les angles, mais je ne sais pas d'où ni quand ils me regardent et surtout ils n'ont pas de visage. Je n'aurais jamais pensé que Claire tomberait sur moi et encore moins qu'elle m'en parlerait. Que quelqu'un me reconnaisse est une anomalie, c'est comme si on me disait que je rêvais à l'état de veille. J'étais embarrassée, non pas que Claire m'ait vue en fâcheuse posture mais qu'elle découvre ma comptabilité. C'est comme si soudain la supercherie se révélait au grand jour. Non, je ne gagne pas ma vie en faisant du théâtre expérimental dans des tiers paysages en lointaine périphérie, éclairés à la bougie. Oui, je préfère encore exercer ce métier plutôt que de faire n'importe quoi d'autre. C'était tout cela qu'elle découvrait en me voyant, là, sur l'écran. Comme un affront à un mode de vie qui serait le seul modèle enviable alors que merci bien. Je ne sais pas si elle pense encore cela. J'imagine que non.

Aussi, je ne supportais plus la violence sociale que me renvoyait la ville, là où, dans notre montagne, cette violence est lissée, elle est contenue différemment. Ce que je veux dire par là ? Attendez je réfléchis. Par exemple. Un jour, dans le métro, un homme m'a craché dessus en me faisant comprendre qu'il m'avait reconnue. Il faut dire ce qui est : les filles qui font des apparitions dans les films X doivent payer de leur corps, de leur réputation, de leur tranquillité, de leur stabilité psychique, économique, professionnelle pour avoir été à l'origine d'un désir sale. Ce ne sont pas les femmes qui leur crachent dessus mais les mêmes hommes qui, la veille, les ont reconnues dans la lucarne. Et là je ne vous donne qu'un exemple parmi les dizaines d'agressions dont j'ai été victime. Le fait que nous disposions d'un corps sali crée l'horreur. Horreur de la femme qui ne correspond pas à l'imagerie virginale, horreur de ces femelles qui pourraient mener à la fin de l'espèce, à sa bâtardisation. Horreur de soi, au fait qu'en regardant ces femmes, tous ceux qui s'excitent soient asservis à leurs plus vils désirs, réduits à leur animalité la plus brutale malgré leur vernis de culture.

J'ai compris soudain que, sur l'écran, à l'inverse de ce que je faisais avec des clients, je n'existais pas vraiment dans la vraie vie. J'étais juste un morceau de boucherie. Je ne pouvais pas exister comme citoyenne. Aller faire des courses ou prendre le métro ou juste avoir le luxe de l'anonymat. D'une certaine manière, j'étais une image morte. Horreur de réaliser qu'on a pu être excité par un désir nécrophile. Je n'ai pas répondu à l'homme au crachat. Même qu'à l'instant où il l'a fait, j'ai pensé que je l'avais mérité. Puis j'ai eu honte de cette culpabilité, vous imaginez le topo. Ça m'a révoltée. Je n'en pouvais plus. Il fallait que je trouve une autre manière de vivre. Ce n'est pas un métier qu'on peut exercer seule dans son coin. Comment je peux être sûre que son crachat était lié à mon activité ? Je ne sais pas. Peut-être pas, vous avez raison. Alors c'est pire, c'est purement gratuit. Vous trouvez que c'est mieux ?

En tout cas je ne quittais rien de beau, pas au sens matériel évidemment. Paris c'était quoi, à part des habitudes, à part la planque. C'est comme si je ne m'étais jamais préoccupée de la vie intime. Et ce n'est pas comme si rester chez soi était plus rassurant. Depuis des mois, nous étions sujets à des coupures de courant ou d'eau, à des pénuries de gaz ou de nourriture. Des bagarres éclataient à chaque coin de rue, on ne pouvait plus marcher sans avoir peur d'être découpé à la hache. Je me suis dit : allez ma vieille, il est temps de changer. J'ai jeté toutes mes affaires, j'ai fait un sac, et je suis allée à la Commune. Où j'ai retrouvé mes amies. Où on m'a foutu direct une paix royale. Même la nature, je la trouvais belle et tout. Au début.

Joan

Le fait que Thomas ait eu un appartement à lui m'apparaît tellement inouï. Quand le propriétaire de ma chambre de bonne m'a mise dehors, il fallait bien que je dorme quelque part. Pas une seule fois Thomas ne m'a parlé de cet appartement, alors que ça m'aurait sauvée. Mais bon, ils ont été très gentils, Claire et Thomas. Ils m'ont tout de suite dit de venir chez eux, dans le Nord. Bien sûr qu'ils m'ont aidée, qu'ils ont été adorables, c'est pour ça que je finissais toujours par pardonner à Thomas.

À cette période, ils avaient l'air vraiment amoureux. Je surprends souvent Thomas à enlacer Claire... Je me disais, c'est donc ça, une famille. Des gens qui s'aiment. Ça m'apparaissait comme une révélation. C'est donc vrai, ces gens ne mentent pas. On n'est pas dans une pub d'assurances, là. Ils s'aiment vraiment.

Après, je me rappelle avoir été étonnée par nos différences de mode de vie. Eux étaient très disciplinés, ils

vivaient entre le travail et les impératifs de la famille. Je ne voulais pas les déranger, sauf qu'à un moment, Thomas commence à montrer des petits signes d'agacement. Moi qui me sens toujours de trop, de fait, je prends une place. J'occupe l'espace, une fois de plus, alors qu'ils en ont si peu. Donc un soir, je rentre du Conservatoire où je suis allée chercher Léo. Thomas me prend à part et me dit d'un air las qu'ils ont assez donné. Je suis choquée. Je me mets à pleurer. Je me sens tout le temps si coupable. Il avait dit les mots que je craignais le plus. Claire arrive, elle comprend ce que Thomas vient de me dire, elle essaie de le raisonner, mais la phrase est dite, *so I said to Claire: I must go.* Thomas savait bien, pourtant, que je n'avais plus de papiers. C'était le moment où s'intensifiaient les chasses aux étrangers en situation irrégulière, avec les rafles. Regardez mon dossier. Vous n'avez aucune idée du niveau d'angoisse que cela représente. Ce que veulent les étrangers, en vrai, c'est ne plus être étrangers. C'est pour cela que les remarques de Thomas sur mon accent me peinaient tant. Ça me réduisait à ça. À une place subalterne. Secondaire. En se moquant de la manière dont je disais les choses, oh, toujours affectueusement vous savez, on dit toujours ça, « c'est que pour rire », mais tant qu'il me réduisait à cette rhétorique, je ne pouvais pas exister.
Claire et Thomas, parfois, je me demande s'ils ne m'aidaient pas par conviction politique plutôt que par

amitié. Si leur dévouement n'était pas motivé par une conscience morale plutôt que par un attachement sincère et gratuit à ma personne. Est-ce qu'ils m'aimaient parce que ça gonflait leur idée d'eux-mêmes ? Pour s'autoglorifier de leur ouverture d'esprit ?

Heureusement, je ne dépendais pas que de Thomas et Claire. Avec Hélène, par exemple, et souvent ses amis, dans le monde féérique qu'elle crée, on a le droit de rêver. Un truc que j'ai toujours adoré avec elle, c'est qu'elle ne m'a jamais demandé pourquoi j'étais venue en France ou « à quel moment je comptais rentrer chez moi ». Est-ce que, moi, je lui demandais si elle comptait « trouver un vrai job » ou « avoir un mari » ? Avec les amis d'Hélène, j'avais le sentiment d'entrer dans un monde qui m'admettait. Ces gens me sauvaient. Que serais-je devenue sans eux ? Ils étaient la Commune avant la Commune. Loin de Claire et Thomas, parce que trans, transfuges, transformistes, transnationaux, trans-tout. Hélène a toujours fréquenté les *drop-outs*, les gens bizarres. *The fringe.* Et moi je faisais partie de ça. Je voulais être normale, saine et normale, vivre comme une Française, me transformer, mais un jour Hélène m'a dit : « *You are one of us.* » Je crois qu'il n'y a rien de plus doux que cette idée de faire partie d'un « nous ». C'est doux d'être attendue, d'être *one of us*. Je pouvais rejoindre des gens qui formaient eux aussi une société distincte, un monde, avec cette idée de corps, de famille. « *Us* ». Peut-être même qu'ils m'aimaient pour ça, parce que je n'étais pas comme Claire. Sauf qu'on ne trouve pas protection chez les *fringe*. On est ensemble mais on additionne nos malheurs. Hélène vivait dans un studio minuscule, et même si elle avait vécu dans un palace, elle n'aurait jamais voulu que je m'y installe. Bon, on a passé plusieurs Noëls ensemble dans ma chambre de bonne ou la sienne, mais ce n'est pas pareil. Je parle de la capacité d'être secourable.

Ici en France j'étais prête à ce que la mort me tombe dessus à chaque instant. Quand, dans les manifs, je cherchais la matraque, j'acceptais. Les coups, les vrais. Ces coups tombaient pour nous faire taire. Pour que les gens comme mon propriétaire puissent continuer de jouir sans entraves. Je me disais toujours : s'ils me renvoient aux États-Unis je meurs, je meurs vraiment. J'aurais pu faire des choses atroces, je le sens. Je me disais, je suis du genre à vouloir me procurer une arme et à me venger. Je voulais faire entendre nos voix : celle des *natives*, celle des femmes, celle des pauvres, celle des enfants. Si j'étais retournée là-bas j'aurais pu mal tourner, j'aurais pu finir en prison et ça aurait été un choix, et même la mort ça aurait été un choix, un choix libre. Je le sais.

Claire

Il y a un détail qui me convainc que Thomas n'est pas mort. Les souvenirs se bousculent un peu dans le désordre vous voyez, ça me revient parfois, par à-coups, des flashs qui surgissent du fond de la mémoire. Mais il y a un détail que je dois raconter, quelque chose que je ne peux pas garder sous silence. Quelques mois après son départ, j'ai vu les phares de sa voiture entrer dans le salon. Je ne sais pas, c'est une intuition très forte. Le sentiment sûr que c'était lui, avec sa présence, une sorte d'aura. Je ne suis pas mystique mais cette fois je l'ai senti comme quand un regard se pose sur vous, au loin, et que vous vous retournez instinctivement dans cette direction. J'étais au téléphone avec Hélène, je lui ai dit que je devais raccrocher, que Thomas était de retour. J'étais fière de prononcer cette phrase. Mon désarroi n'avait été que temporaire. Je me félicitais déjà de ne pas avoir fait de signalement à la police. Mon mari rentrait ! J'étais là, dans le salon, et j'attendais sans bouger, comme un animal effrayé. Comme si le fait d'exister, de respirer, aurait pu le faire fuir. Je ne voulais pas éteindre, ni allumer, ni rien. J'ai guetté sa silhouette, mais ça mettait du temps. Je n'ai pas voulu pousser le rideau du salon, je ne voulais pas qu'il m'aperçoive. Je ne voulais pas qu'il change d'avis. Je me suis dit : voilà, on va s'asseoir, on va s'expliquer. Et je lui pardonnais déjà. « Si ça se trouve, il va rester cinq minutes, si ça se trouve, il va rester toute la vie », que je me répétais. J'étais contente que les enfants soient couchés pour ne pas qu'ils assistent à ce spectacle pathétique. Qu'ils voient leur mère s'écraser ainsi, s'effondrer si facilement. Oui, oui. Je suis sûre que c'était lui. J'ai reconnu la voiture, le même bruit de moteur. J'en suis sûre, vraiment je ne suis pas folle.

J'ai pensé :
c'est le bazar.
Je dois m'habiller.

Je dois me coiffer.

Faut pas qu'il pense qu'il a ce pouvoir.

Que depuis qu'il est parti,
je n'arrive plus à rien.
Et puis je me ravise.

Je fais semblant que je m'en fous.

Qu'en attendant, en attendant quoi, que ça passe, le chagrin, je peux bien conserver intact,
quoi,
je ne sais pas, je ne sais plus ce que je pense.

Les minutes passent.

Rien.
Sauf que j'entends la voiture redémarrer aussitôt.

Thomas était reparti.
Je sors, je vais au bout du chemin, j'ouvre la boîte aux lettres.
Son courrier avait disparu.

C'est la seule fois où il est revenu. Qui serait venu relever le courrier de Thomas ? À part lui-même ? Non je ne peux pas en être sûre. Comme je vous l'ai dit, c'était la nuit, je n'ai pas voulu regarder par la fenêtre pour ne pas avoir l'air de la femme folle qui attend. Le loquet de la boîte aux lettres était cassé, il n'avait même pas besoin de la clé. Je sais qu'il n'est pas mort. Je le sens. Il est quelque part, il rôde. Pense-t-il parfois à Hortense et Léo ? Se dit-il, au creux de sa fuite, qu'il les a abandonnés ? Qu'il en fera à jamais des êtres blessés ? Qu'il

les a détruits ? Est-ce qu'il sait ce que cela veut dire que de laisser des enfants avec des questions, avec leur culpabilité étrange, parce que les enfants s'accusent toujours de tout, dans une logique qui est la leur ? Je ne lui pardonnerai jamais cette inconscience. Je ne parle pas de morale, je ne parle pas de devoir, mais de ce lien d'or, de cette narration interrompue, soudain, au milieu de leur vie. Et rien ne répare cela. Tous les jours je leur fais le récit de leur père. C'est moi qui dois le faire vivre, qui dois faire apparaître le fantôme. Le faire exister à sa place, pour qu'ils se fassent une image de père, qu'ils aient un ersatz de présence. Le pire c'est que je dois le faire sans la colère. Parler parler parler. Je suis l'amoureuse abandonnée et la mère qui console. Mais moi, qui me console ? Est-ce que je vais pouvoir continuer longtemps cette mascarade ?
Ce que je comprends, avec ces photographies, c'est que tous ces mois où j'attendais le retour du prince, lui était pressé de rentrer chez lui, dans l'appartement que vous me montrez. Sa vraie maison. L'autre maison. La pièce toute blanche. Je l'imagine debout dans la pièce, cette pièce-là, la principale, les yeux brillants, attendant l'autre, aimant l'autre. Vous avez évoqué Marie S. l'autre jour, la fille qui est morte, mais je n'y crois pas du tout. Pas du tout son genre. Rien à voir, une coïncidence. Regardez. Je mets les photos en parallèle. Celles de l'appartement, celle de Marie, celle de Thomas. Ça ne colle pas, vous voyez bien.

Excusez-moi mais je suis sonnée.

Les gens vous disent : « Prends un avocat, fais valoir tes droits ! » Comme si ça avait une valeur, comme si cet argent que je vais tirer de cette déposition n'était pas sali, comme si tout ce cirque me vengeait de quoi que ce soit.
(Longue pause.)

Mais si cela se révélait vrai, je veux tout savoir. Ne m'épargnez pas. Je veux que vous regardiez dans tous les coins, que vous retourniez chaque pierre ; je veux reconstituer les dates, les rendez-vous, le nombre de fois, l'intensité des sentiments. Je veux tous les plans, toutes les séquences, voir le film, comprendre les gestes, être dans leur lit. Sans cela je ne le croirai pas. Je suis comme saint Thomas, voyez l'ironie. Je veux des preuves, glisser mon doigt dans la blessure. Sans cela rien n'est vrai. Prouvez-moi que tout cela a existé, que Marie S. était là, toutes ces années ; prouvez-moi qu'ils se voyaient, et pourquoi, et comment, et ce qu'ils faisaient, et alors peut-être, oui enfin, j'abandonnerai.

Hélène

Marie S. ? De la fac ? Mais quel rapport ? Ah oui. Merde. C'est bien elle. Incroyable. Très belle. Jamais. Putain. Non, il ne m'en a jamais parlé. C'est énorme. *(Silence.)* Non, non. Des filles comme ça, qu'il payait, ou sans lendemain, oui, il l'évoquait, je vous l'ai déjà dit. Mais pas cette fille. Bordel. Marie. Franchement je ne vois pas de lien, ça me semble improbable. Et puis Thomas n'entretenait pas de grande histoire d'amour. D'ailleurs il se félicitait d'obéir à un certain nombre de règles, genre : pas plus de trois fois, pas tomber amoureux, pas dormir ensemble, pas de voyages. Même sa vie parallèle il la menait avec une rigueur de malade mental. Il avait deux téléphones d'ailleurs, enfin j'imagine que vous le savez déjà. Je suis sûre qu'il avait un tableur quelque part avec les dates et les heures pour se retrouver dans ses mensonges, pour que tout ait l'air cohérent. Vous avez inspecté son ordi ? Il avait dû apprendre à moduler sa voix, à mentir sans trembler… Si je me rappelle bien, Marie s'était barrée à Mayotte après les études, non ? Ça aurait commencé à quel moment ? Ce serait ça ? C'est ça la piste ? Un mec abandonne sa maîtresse, elle en crève de chagrin, il culpabilise et disparaît ? Ou bien, attendez : elle découvre un jour que l'homme qu'elle aime est marié et se tue ? *(Silence.)* Ça repose sur quoi, votre hypothèse ? Non mais il m'en aurait parlé. D'ailleurs, c'était chiant cette position, être la confidente, ça donnait à Thomas une caution morale que je ne voulais pas assumer. Même si ça créait une complicité entre nous, c'était quand même contre Claire, et j'étais manipulée dans tout ça, il m'entraînait. Je sais très bien que c'est à cause de mon métier. Avec moi, Thomas agissait comme si j'étais un mec, son meilleur pote. Même si je lui disais de se taire il continuait. Comme si mes précautions amicales n'avaient pas de valeur, pas de profondeur.

Imaginons que Marie ait été amoureuse de Thomas depuis la fac. Que Thomas ait organisé le mensonge de façon si méthodique qu'elle n'aurait jamais soupçonné quoi que ce soit sur sa vie d'homme marié. D'où le mariage en vitesse. Ou bien qu'elle savait, mais s'en accommodait, en espérant qu'il divorce. C'est aberrant, mais il suffit d'être absorbée dans ce nuage, d'adorer tellement le romanesque qu'on finit par entendre et par voir uniquement ce que l'on veut voir et entendre,

pour que se poursuive tranquillement le petit roman intérieur. Pour que la fin soit belle, pour qu'un jour on goûte un peu au bonheur, celui des publicités. On s'accroche, on espère, on attend. Bovary.
Avant de partir à la Commune, je sortais avec un homme. Des Esseintes. C'était un client qui était tombé amoureux de moi, le truc qui arrive tout le temps. Des Esseintes, c'est ainsi que Claire l'appelait. Il était très grand, il touchait le plafond. Avec des cheveux bouclés, gris, une jolie bouche charnue, des yeux rieurs quoique marqués par l'inquiétude. La première fois qu'il est venu chez moi, on avait fumé une cigarette après sur mon balcon, et je me rappelle lui avoir dit : « On saute ? » Il m'avouera plus tard avoir pensé que j'étais folle. Les gens sont tellement conservateurs. Bref, j'ai commencé à sortir avec lui, sauf que c'est lui qui venait toujours chez moi. Il y a eu un déséquilibre dès le départ. Moi, je ne connaissais rien de lui, je ne savais même pas où il habitait, et ça m'importait peu. C'est ainsi les premiers soirs, les premières semaines. Je comprends rapidement, par des petits détails, que nous ne sommes pas du même monde, pas du tout. Des Esseintes m'avoue sans rougir qu'il en fait « le moins possible au bureau », dégoûté par cette voie qu'il s'est senti obligé de prendre : le notariat. Quand il quittait ma chambre au matin, je l'imaginais à son bureau, les coudes sur son sous-main vert devant deux fauteuils en cuir bistre. Il connaissait toutes les histoires,

les dernières volontés, les désirs et les amours, et les grandes amours, celles qui ne sont jamais vécues. Il s'ennuyait à mourir mais il avait une passion qui le maintenait en vie : le soir, après ses journées apparemment atroces, Des Esseintes était saxophoniste dans des clubs de jazz. Je vais le voir jouer, et là, devant l'instrument, il s'illumine. Il est vivant. Et je tombe amoureuse de cela. De cette expression cachée, de ce désir de nuit que sa famille ignore. C'était sa liberté. C'était assez poignant de voir ce grand type resté un petit garçon, effrayé à l'idée de désobéir à sa famille. Les semaines, les mois passent, et j'ai le sentiment que je ne sais toujours pas qui il est, pas du tout. Je ne sais pas où il habite, je ne connais pas ses amis. À la fin de ses concerts, il ne me présente à personne. Je reste dans l'ombre, dans les couloirs, dans la foule comme une anonyme. Je siffle des bières en l'attendant. Nous passons un an à nous retrouver, tard, chez moi puis dans des hôtels de province, en tournée, n'importe où et n'importe comment, mais jamais chez lui. Je ne le connais pas et je suis amoureuse de cet être insaisissable. Au fond des chambres tristes, il dit avoir honte de ne pas pouvoir me séduire davantage. J'imagine qu'il pense restaurants, cinéma, voyages, toute la panoplie bourgeoise. Je ne comprends pas de quoi il parle, il a bien vu dans quoi je vis, comment je vis. Je ne suis pas Julia Roberts, je ne cherche pas à sortir de ma condition. Et parce que je n'ai pas honte de ce que je fais, je lui raconte mes nuits, traversées par d'autres que lui. Je ne pense pas qu'il était vraiment amoureux, mais il était jaloux. Alors Des Esseintes devient fou, si bien qu'un soir, après un concert, éméché par l'alcool, il me propose d'emménager chez lui. Il me donne son adresse, je demande : « C'est à quel étage ? – Pas d'étage », qu'il répond. Et il me griffonne l'adresse sur un papier. Le lendemain, j'y suis. Arrivée devant le portail avec comme seul bagage ma valise à roulettes, je comprends. L'allée cachée, le garage, et enfin la maison bordée d'acacias. Tout ça dans Paris, dans l'un des quartiers les plus chers du monde. Pendant un temps, je vais troquer mon studio pourri pour les tapis moelleux de son héritage familial. Je suis la traîtrise même, la révolutionnaire de pacotille. Claire et Joan me condamneront fortement pour ça. Or, ce dont ne se doutent pas Claire et Joan, c'est que je suis fatiguée. Je veux bien un peu de calme, pour une fois dans ma vie. Je ne cherche pas un mec ; je cherche juste à cesser de penser toutes les secondes à ne pas me faire dénoncer par le voisin bourré, à avoir assez de clients pour payer mon loyer, à ne pas me faire tuer par un connard, à ne pas calculer chaque sou pour bouffer. Là, soudain, du jour au lendemain, grâce à Des Esseintes, je sors de ça. J'ai perdu mes amies, mais je m'en fiche : il y a Lui. Comme Claire avec Thomas, je rentre là-dedans, je rentre dans le conte. Comme tant d'autres femmes. Je deviens le roman que je veux lire. Dans ma vie, soudain, il n'y a plus que le mystère Des Esseintes. Mieux, j'ai l'impression de le révéler à lui-même : j'ai cette toute-puissance, pour la première fois de ma vie. Avec moi, j'ai le sentiment qu'il n'a pas besoin de jouer les bons garçons. Je suis la mauvaise fille, et pour une fois, il peut être tout ce qu'il veut : le traître, le drogué, le saltimbanque, le raté, le traîne-savates, le méchant. Au début, avec moi, il rit, il est léger, et j'accède, le temps d'un éclair, à un instant de vérité chez lui, à une seconde d'enfance. Et je me disais que si j'étais amoureuse, Des Esseintes, à sa manière étrange, devait l'être aussi.

Or, en arrivant chez lui, ce qui m'attend c'est le contraire du repos, l'inverse de la maison telle que je l'avais rêvée. Ce lieu, personne ne l'habite, au sens où personne ne peut s'y sentir chez lui. Dans cette maison-musée, chaque meuble, chaque tableau ont été choisis par d'autres. Les murs sont recouverts de tentures en velours ; les canapés en satin brodés d'or semblent avoir été dénichés à Versailles. La décoration rococo, avec des petits chiens, des coquillages, de la vaisselle, est éclairée de lampes ajourées. Rien ne venait de lui, rien de personnel… Et malgré ce genre très particulier de soumission, il ne cherchait pas à s'en affranchir. Par ailleurs, détail étrange, il était le fils d'une lignée d'hommes sans femmes. Dans les couloirs, les salons, les tableaux montraient des portraits d'hommes, les photographies présentaient des fratries ;

l'ambiance était si masculine que l'on pouvait se questionner sur la capacité de cette famille à se reproduire de façon spontanée et sans utérus.
À cette étrangeté biographique s'ajoutait celle de l'architecture elle-même. Immense, incompréhensible, la maison était divisée en pièces dédoublées et en galeries. De l'extérieur, le perron permettait de voir arriver de loin d'éventuels visiteurs – en calèche à l'époque, en voiture aujourd'hui. Il y avait le salon de famille et le salon d'apparat, deux pièces en miroir dont le second était éclatant, à l'éclairage naturel et aux plafonds hauts. Les chaises, canapés, sols et murs étaient recouverts d'étoffes aux motifs clinquants tandis que l'autre, privé, était plus discret et simple. Je ne sais pas si on peut dire que c'était beau. C'était juste un musée, quoi. Et on ne vit pas dans un musée. Des couloirs invisibles permettaient la libre circulation des domestiques entre les cuisines et le salon. Des Esseintes, en homme de son temps, plaisantait avec ses employés tout en les gardant à distance. Comme une fourmilière dans la doublure des murs, ces galeries laissaient au personnel la latitude nécessaire pour travailler dans la plus grande discrétion. Et honnêtement, ça me mettait très mal à l'aise. On n'était jamais seuls. Et puis juste l'idée qu'il y ait des gens pour ça, pour servir, c'est quand même dégueulasse. J'étais devenue assez copine d'ailleurs avec la cuisinière, je veux dire, elle aurait pu devenir une vraie amie si j'en avais eu le temps.

Le problème, c'est que je découvre petit à petit que Des Esseintes est un narcissique de très haut rang. De haute catégorie, oui. Par exemple. La plupart des pièces étaient couvertes de glaces où je le surprenais, parfois, à s'admirer pendant de longues minutes, yeux dans les yeux. C'est toujours étrange de voir les gens se prendre en photo en selfie, de les surprendre dans leur auto-*satisfecit*. Là, c'était la même chose, mais dans la glace : le gars se mirait, heureux de ce qu'il voyait. Bien avec lui-même. Amoureux de son image. Dans un rapport fini. Une boucle entre lui et lui-même. Il n'avait jamais connu, comme la plupart des êtres, l'humiliation de son visage. Cette blessure de se réveiller tous les matins avec la même tête, le même corps, dans lequel on est enclos, avec lequel il faut faire face au monde. Lui s'*aimait*. Il aurait pu vivre seul, avec la seule admiration, lointaine, d'un public de fans. Je crois que c'était son souhait profond, et peut-être même sa seule idée de l'amour.
Sans surprise, sa carrière d'artiste, en demi-teinte, n'a jamais décollé. Il était incapable de la générosité, de l'abnégation que nécessite une telle vie. Par ailleurs, l'idée de s'affranchir vraiment de sa famille ne l'avait pour ainsi dire jamais effleuré. Il était totalement assujetti à ce monde invisible et continuait à se soumettre à ces interdits suprêmes, venus d'un abstrait au-delà, famille, travail, patrie, que sais-je. Pas étonnant qu'il ait vécu la reprise *in extremis* de l'étude paternelle comme

un fardeau. Enfin, éprouver une opinion intime était constamment passé au filtre du bon goût, de même que les grandes décisions qui fondent une existence : alliances, fréquentations. Que j'aie pu entrer dans sa vie relève d'une excentricité absolue. Il faut dire que cette maison était tellement saturée d'objets qu'il n'y avait pas de place pour intégrer qui ou quoi que ce soit venu de l'extérieur. C'est ainsi que je me suis retrouvée à n'avoir comme espace qu'une valise sous son lit et un bout de table pour déposer mon ordinateur. Où me placer ? Je rêvais de disparaître entre les lattes du parquet. Par ailleurs, les réactions de Des Esseintes étaient si imprévisibles qu'à ses côtés, j'étais comme anesthésiée. D'un côté, il cherchait sa voie, par ses activités de nuit. Toucher l'illicite, accéder à des désirs honteux. Juste en me fréquentant, moi, la fille de joie, il était sans doute électrisé d'un petit frisson ; mais il était comme ressaisi violemment par son éducation, souvent, ce qui l'autorisait à se défouler sur moi.
Dans ce décor compassé, je devais comprendre comment les femmes invisibles, qui m'avaient précédée, avaient résolu l'énigme. J'ai essayé d'être une chaise, un canapé, une table, un tapis, mais c'est Des Esseintes qui a trouvé la solution : m'habiller comme lui. Exactement comme lui. Et donc, *être lui*. Je m'exécute, je disparais, je deviens son reflet. *I'll be your mirror !* Je change de vestiaire. Je me mets à porter des jeans, des boots, des chemises, des pulls col en V, tout le

vestiaire de droite, et je deviens *lui*. Mais cela le lasse, car ça ne va pas non plus. Ça ne va pas, ça ne va jamais. Là, je comprends que je suis totalement coincée. Avant, mon métier me rémunérait ; cette fois je fais la même chose qu'avant, mais gratuitement. Je devais être celle qui amuse, qui excite, qui divertit, mais je ne rencontre que des regards absents, qui me transpercent. Et ce n'est pas payé ! On pourrait se dire : mais enfin, Hélène, pourquoi tu ne t'es pas barrée ? Mais oui, *darling*, c'est tellement facile. J'avais sous-loué mon appart', j'avais perdu tous mes clients, je m'étais fâchée avec Claire et Joan, je ne fréquentais plus le monde de la nuit, je faisais peu de castings. J'étais fichue. Alors, comme toutes les femmes dans cette situation, je reste. Je reste là, avec Des Esseintes, parce que je me dis que son attitude, c'est temporaire. Que ça va lui passer. Qu'il va bien finir par me voir. Par tomber amoureux. Par faire attention à moi. Je reste aux aguets de Des Esseintes comme s'il allait me tuer ou m'aimer d'un instant à l'autre. C'était lui qui décidait et je voulais qu'on décide pour moi. J'étais disposée à ça. Il suffisait que Des Esseintes aboie pour que j'obéisse. Vous voyez. Même à une femme comme moi, ça peut arriver. Alors Marie S., qui avait déjà un tempérament dépressif... Je ne sais pas pourquoi, j'imagine que Thomas devait être ainsi, comme Des Esseintes. Archicontrôlant. Décidant de tout pour l'autre.

Le problème c'est que la domination exige, pour s'exercer, une constante résistance. À partir du moment où je suis devenue sa petite chose, Des Esseintes m'annonce un soir qu'il est vraiment désolé, mais qu'il vient de tomber amoureux d'une chanteuse : « Elle est exactement ce que je cherche, depuis longtemps, me dit-il en mâchant sa pizza. Tu comprends, je ne peux pas être sûr que tu sois la femme de ma vie si je n'ai pas vérifié avec le plus de femmes possible. Les hommes ont tout intérêt à avoir le plus de relations sexuelles avec le plus de partenaires dans le but de sauvegarder l'espèce. » Il me dit cela avec une infatuation extrême, ému par ce qu'il vient de dire. Il est pressé d'en finir avec le repas, pour rejoindre l'autre, alors il mange vite. Pique, coupe, porte la fourchette à sa bouche. Boit, repique, coupe, mange. Je suis tellement ahurie par sa bêtise que je suis soulagée d'apprendre qu'il en aime une autre. Et je repars dans ma vie d'avant. Celle à laquelle je suis habituée, celle que j'aime aussi. La débrouille, la galère. Je trouve des canapés, des logements temporaires, des meublés. Je vais de-ci de-là. J'ai peur mais je suis libre. Vivre avec une valise et rien d'autre. C'est là où j'ai réalisé que je ne quittais rien de précieux. Et que la Commune m'est apparue comme une solution plus viable, plus heureuse que ce que je n'ai jamais connu à ce jour. Vous savez, c'est long avant d'abandonner ce que l'on est. C'est une forme de deuil de soi très forte.

Joan

Marie S. était mariée, elle avait une fille, elle était prof, elle avait accepté un poste à Mayotte juste après le diplôme. Elle a fini par rentrer en France, son mec est resté là-bas et la police, sur signalement des voisins, l'a retrouvée morte un matin chez elle. Le scénario est assez limpide, il me semble : pourquoi elle rentre en métropole et pas son mari, c'est ça qu'il faut chercher à comprendre. C'était une copine de fac, on avait des nouvelles de loin, sur les réseaux sociaux, et puis un jour, bam, la nouvelle qui tombe, puis les détails, sordides, dans la presse. C'était brutal, on était sonnées, on en a parlé un peu, et puis on a oublié, parce que voilà. C'est vraiment tout ce que je sais. Je ne suis pas sûre de comprendre le lien avec Thomas. Comment voulez-vous qu'ils aient été liés en vivant à plus de huit mille kilomètres l'un de l'autre ? *(Pause.)* Je ne crois pas à cette romance, parce que Thomas n'avait pas le temps, pas l'espace même, pour jouir d'autant de liberté. Il était débordé par son travail, par la vie quotidienne. Et puis, il était assez rigide quand même, moralement. Par exemple, il ne supportait pas l'injustice. Je ne le vois pas tromper sa femme en douce pendant des années, lui mentir. J'ai mille exemples de sa probité. Par exemple, quand il m'a virée de chez lui, dans le Nord, il se sentait tellement mal qu'il m'avait trouvé un job de baby-sitter chez des amis de ses parents, pour ne pas que je sois totalement à la rue. C'était le minimum, me direz-vous, mais il avait cette conscience-là. Cela dit, cette famille était vraiment étrange. Ça m'a permis de comprendre un peu mieux Thomas. Je découvrais le monde dans lequel il avait grandi, un monde de notables. Des gens de la haute. Quand je racontais mes déboires avec cette famille à Thomas, il n'était jamais surpris. Il connaissait intimement ces gens, leur manière de fonctionner. Il savait très précisément ce qui se jouait chez eux, parce que les familles de son milieu se ressemblent. Et c'est peut-être en ça que, oui, ça a un lien avec sa fuite. Je veux dire, Thomas devait se sentir en droit de, je ne sais pas, se *préserver*, ça doit être le mot. En toute impunité, en plus. Les gens de son statut ont un instinct de conservation. Ils sont conscients de leur lignée, de ce qu'ils valent, de ce qu'ils doivent protéger. Ils ont un rapport comptable aux choses et à la vie.

La famille où je travaillais vivait dans un quartier un peu populaire, mais pas trop, comme toujours à Paris.

L'aîné des deux enfants, un garçon de huit ans, avait été élevé en enfant unique pourri gâté, amoureux de sa mère et désespérant de connerie. Le deuxième, d'origine coréenne, était arrivé dans cette famille à l'âge de trois ans. Les deux garçons devaient partager une petite chambre avec des lits superposés. L'enfant dit « naturel » passait son temps à humilier son petit frère : « Il ne me ressemble pas, il a la peau mate, il prend mes jouets, il dort dans ma chambre ! » L'enfant dit « adopté », lui, ne sait pas où est sa place. Il se défend mal lorsque son frère le rabroue. La greffe de l'adoption ne prend pas et les parents, dépassés, jouent dans une pièce de théâtre permanente. Le père, médecin, n'est jamais à la maison ; la mère, « en recherche d'emploi », enfin bon, on rigole, est une grande dame aux manières empruntées qui m'embrasse comme une copine quand je viens, le mercredi, pour le soutien scolaire. Quand elle rit, trop souvent et trop fort, elle donne des coups de tête vers l'arrière avant de porter sa main baguée à sa gorge. Elle est fière de m'apprendre que ses enfants font du piano, du tennis et fréquentent une école privée, et je réalise alors qu'avoir une *nanny* américaine est pour elle le comble du chic. Pour une fois, ma qualité d'étrangère joue pour moi. Je fais partie de son décor de réussite.

Le plus grand n'aime ni lire, ni écrire, ni apprendre quoi que ce soit. Il passe constamment d'une activité à l'autre, s'ennuie et se morfond. Par contre il adore manger, se plaindre et taper son petit frère. Le plus petit a forcément ma préférence. Il aime passer des heures à construire de petites maisons avec ses cubes, des maisons rêvées – et cet enfant finit par m'émouvoir totalement, avec sa mélancolie qu'il a l'élégance de cacher. Il sait qu'il dérange, même si tous les autres membres de la famille font semblant que non. Je laisse l'aîné s'abrutir devant la télévision tandis que j'encourage son petit frère à écrire, à calculer, à parler anglais, mais aussi à chanter et à dessiner. Quand je vais les chercher le mercredi, il me saute au cou. Je suis à la fois émue et mal à l'aise devant l'affection qu'il me porte, presque anormale, trop démonstrative. Plus je constate sa détresse, et l'aveuglement stupide de ses parents, plus je déteste tous les autres membres de cette famille. On me fait d'ailleurs comprendre que cela reste pour eux une fleur (la charité, toujours) d'avoir embauché une étrangère plutôt qu'une « vraie Française ». « Avec votre accent, vous êtes sûre que vous pouvez faire le suivi scolaire ? Non parce que vous savez, à cet âge, ce sont des éponges », me dit le père un soir, en rentrant de son cabinet. Puis, après un petit moment d'hésitation, il me regarde de haut en bas : « Aussi, notre aîné se plaint de vous. Vous êtes froide et détachée. » Je fais un effort d'amabilité suprême dans les semaines suivantes pour intégrer le grand frère à nos jeux. J'installe l'aîné près de moi, sors le carton à dessin, mais rapidement il se lasse, déchire sa feuille, vient barbouiller le travail de son frère. Je le gronde, il crie, s'enferme dans sa chambre et nous nous retrouvons enfin, le plus petit et moi, dans le calme que nous aimons.

Un jour, la mère des enfants me demande de rester un peu plus tard après la leçon, le temps de m'occuper du dîner, du bain et de mettre les enfants au lit. Je trouve des pâtes dans le placard et fais couler l'eau du bain. Je l'aide à enjamber le rebord, et si on mettait de la mousse ? Je vide la bouteille de shampoing sous le jet, il rit dans les bulles, et ce rire est si pur que je ris avec lui. Quand ses yeux bien trop intelligents se plantent dans les miens, j'ai envie très fort de le sortir de cette famille de débiles. « Tu m'attends quelques secondes ? » que je lui dis, le temps de couper le feu des pâtes. Je ne sais pas où est l'autre enfant (peut-être en train de verser du cyanure dans la pâtée du chat, de mettre ses doigts dans la prise ou de brûler les passeports de ses parents – *I don't care*). Et tandis que je touille les spaghettis, j'entends un horrible cri, terrifiant, venu de la salle de bains : l'aîné venait de débrancher le sèche-cheveux qu'il avait jeté, allumé, dans la baignoire de son petit frère.

Je ne sais par quel miracle rien de grave ne s'est produit. Le plus petit, grelottant, maigrichon, le corps recouvert de mousse, se tenait debout devant son grand frère qui le regardait, l'arme encore chaude pendouillant dans les mains. Qui, de la police ou des parents, devais-je appeler en premier ? Les voilà, les parents fous, qui débarquent dans la minute, et nous nous mettons à hurler tous les cinq dans la confusion la plus totale. Plutôt que de consoler le petit, terrorisé par ce qui vient de se produire, nu et tremblant de peur, les parents se mettent à écouter leur aîné, leur fils chéri, l'enfant de l'amour, le « naturel ». Qui donne *sa* version. Celle qui prime sur la mienne, moi, l'adulte. Mais l'adulte étrangère, donc subalterne à leur lignée. « Chéri, qu'est-ce qu'on avait dit, pour le sèche-cheveux, la dernière fois ? » demande la mère à son fils, avec sa voix mielleuse de Fip Radio. Sans colère. Sans peur. Le fratricide était donc une pratique courante, dans cette famille. Peut-être même était-il souhaité ; l'arrivée de ce petit garçon étranger avait tout bousculé. Ils voulaient qu'il meure. Voilà la laideur. Voilà la vraie vie des gens qui « réussissent ».

J'aurais dû écouter Thomas. Quitter cette famille avant, à temps. En fait, Thomas connaissait très bien ce qui se jouait, derrière les portes closes, en grattant un peu. Parce que chez lui, c'était pareil. C'était aussi moche. Son père lui avait fichu une pression énorme pour qu'il fasse une école d'ingénieurs, mais il avait échoué au concours d'entrée, alors la fac, vous imaginez, c'était vraiment la *lose* à ses yeux. Il a lutté toute sa vie contre ce sentiment d'échec. Bref. Le soir même de la scène du sèche-cheveux, le père décide de me congédier sur-le-champ pour « faute grave ». « On a des amis, commence-t-il, les bras croisés, même si leur employée était déclarée et tout, ils ont eu des paquets de problèmes. Pour nous c'est un risque, donc on va vous régler en cash, on va garder ça entre nous, et au revoir. » Il parlait des parents de Thomas ! Puis, sur le paillasson : « Vous n'avez aucune idée de ce que sont les enjeux de l'adoption. Ma femme et moi, contrairement à vous, nous sommes *capables*, nous avons la *maturité* de pouvoir comprendre. On prend tout. On encaisse. » Et quand il referme la porte, j'entends le plus petit pleurer, et sa mère dire, d'une voix d'assassin : « Tu ne vas quand même pas pleurer pour ça ! » *Can you believe that ?*

Je marche jusqu'à la place de la République, il pleut. Les billets se froissent dans mon sac. Cet argent me dégoûte. J'ai appelé Thomas pour lui raconter l'histoire, pour ne pas qu'il l'apprenne indirectement. « Si les parents te dénoncent aux flics, tu vas avoir de gros ennuis. » C'est tout ce qu'il avait trouvé à me dire pour me rassurer. Et c'est là où j'ai commencé à sérieusement envisager de vivre en clandestinité, ça a été le moment déclencheur. Thomas m'a parlé de la Commune. Le lendemain, il m'a pris des billets de train, il m'a dit : tu pars tel jour, à telle heure, tu descends à telle gare, quelqu'un t'attendra dans une voiture rouge, bonne chance. Le gars, il savait comment faire pour disparaître.

Claire

Il faut arrêter de croire Hélène. Comment pouvez-vous lui accorder une seconde de crédit ? C'est elle qui vous a dit que Thomas avait une liaison avec Marie ? *(Rires.)* Mais non. C'est faux. Je ne sais pas pourquoi elle se moque de vous. Pourquoi elle crée des fausses pistes ? Vous voyez bien comment elle est. Même vous, vous en perdez votre latin. C'est inadmissible et je vais lui dire ma façon de penser. Depuis que je la connais, elle ment systématiquement sur tous les sujets. La vérité est très relative à ses yeux. Elle a quelque chose de dramatique en elle, vous voyez. Elle voit de la romance, des films partout, elle s'imagine toujours le pire ou le plus flamboyant… Elle vit dans un roman. Elle vous a raconté son histoire avec Des Esseintes ? Mais c'est pareil, c'était tellement absurde ! Tout se passait dans sa tête, et rien dans la vie. Il l'humiliait publiquement, et elle, elle était persuadée de vivre une grande histoire. C'est quoi, votre idée ? Que mon mari aurait été amoureux de Marie, qu'il n'aurait pas eu l'audace de me quitter, qu'il l'aurait entraînée dans le chagrin éternel et qu'elle se serait tuée ? C'est beau. Et depuis, il se torture dans un coin de la France en espérant changer de vie ? Non mais quel excellent film, vous devriez changer de carrière. Je vous regarde, je me dis que l'uniforme, ça ne vous va pas du tout. Et puis vous tapez vite sur l'ordinateur. Scénariste c'est un métier. Je ne suis pas désagréable.

C'est toujours comme ça. Hélène ment sur son âge, sur son enfance, sur ses parents, sur la destination de son prochain voyage. La vérité importe peu, s'amuser compte plus. C'était même devenu un jeu, avec Thomas, et qui nous rapprochait d'ailleurs : nous cherchions, en l'écoutant, à débusquer la faute, mais elle était très forte, au point qu'elle rendait fou. Thomas admirait ça. Son art de la comédie. Lorsque nous lui faisions remarquer une incohérence, elle se mettait en colère, prononçant avec fermeté des phrases comme « Je n'ai jamais dit cela » ou « J'ai dû mal me faire comprendre ». Je ne suis pas sûre qu'elle mesure ce qu'elle exige. Il fallait résister beaucoup pour ne pas se fâcher ou éclater de rire devant sa folie pure. Vous savez, elle a perdu beaucoup d'amis. Elle a de la chance de nous avoir à la Commune. Toutes ses histoires, je vous jure, ça relève de la pathologie.

Pour ajouter au personnage, Hélène est labile. Jusqu'à la disparition. Elle a été brune, blond platine, ronde puis mince. Pendant des années, on peut même dire qu'Hélène ne s'habillait pas mais qu'elle se *déguisait*. Tous les jours elle trouvait une nouvelle idée, de l'uniforme maoïste au bleu de travail en passant par la hippie ou la paysanne. C'est ce côté caméléon... Comme la période où elle s'habillait en mec, pour plaire à Des Esseintes. Mais c'est de la folie ! C'est peut-être la seule chose qui est restée inchangée chez elle. Ce goût du théâtre, cette gaieté permanente et aussi ce rire, vous avez remarqué ? Un rire de chanteuse d'opéra, qui sort de sa gorge sans retenue, comme une libération. C'est trop. Vous voyez où j'en suis arrivée. À me défausser, à ne plus être solidaire de mon amie. Parce que l'hypothèse du chagrin qui entraîne la fuite, ça ne me parle pas. Vous avez regardé Hélène sur les réseaux sociaux ? Son double virtuel évolue sous différents pseudonymes. C'était une vraie performance que de se fabriquer mille vies par plaisir de se multiplier. Marie S. Rien à voir. Ça m'énerve, maintenant on va s'engouffrer dans n'importe quoi, ça fera ralentir l'enquête, et moi j'ai besoin qu'on en finisse, qu'on sorte d'ici avec la déclaration signée, mais vous vous rendez compte de tout ce qu'il nous reste à faire ? Il y a des jours, je vous jure, je me demande ce qui a pu nous lier, avec Hélène. Comment j'ai pu, toutes ces années, garder intacte ma tendresse pour elle. Je la vois à la résidence universitaire, cahiers ouverts sur le lit. J'attrape cette image avec le poing, comme si elle volait devant mes yeux. Hélène se lève pour fumer à la fenêtre. Entre nous flotte une atmosphère tendue, c'est ma meilleure partenaire de boxe. Je la tiens en respect parce qu'elle sait cogner.

Il y a tellement de choses qui émaillent une amitié sur vingt ans. Plus de vingt ans même, et là on vit ensemble, c'est pire qu'un couple. Je pense au moment où, après les concours, Hélène a voulu entamer une correspondance avec moi. Elle décrivait les ciels d'hiver à Paris, sa joie de vivre, le lycée sublime où elle enseignait, en forçant le trait. Tout cela m'agaçait. Je n'arrivais pas à me réjouir, je savais déjà que c'était un effet de style, vous voyez ce que je veux dire ? Là, on se dit : Marie S., l'histoire simple, le triangle, bim on a trouvé. C'est trop facile. Et on ne sait toujours pas où est Thomas, je vous le rappelle. Quand on correspondait Hélène et moi, justement, j'entamais une longue période solitaire. Thomas et moi étions déjà mariés, mais il n'avait pas terminé sa thèse et ne pouvait venir à Lille que le week-end. Il était devenu mon seul lien avec ma vie d'avant mais aussi avec l'extérieur, avec le reste du monde vivant. Je n'arrivais pas à me lier aux gens, à mes collègues. Je ne faisais pas l'effort. Je savais intérieurement que ce passage dans le Nord n'était qu'une parenthèse. Je dînais tous les soirs au CROUS avec pour seul compagnon *Le Monde* ouvert pleines pages devant moi. Il n'y avait pas que des étudiants au CROUS, il y avait aussi des profs vacataires, des SDF et des gens au chômage, dans une ambiance de frigos qui ronronnent. J'ai toujours été fidèle à Thomas, sauf une fois, une seule petite fois, à cette période. Je ne crois pas que Thomas ait été au courant, il aurait été mort de jalousie. Mais je l'ai raconté à Hélène. J'ai été conne. J'aurais dû le garder pour moi, on ne se méfie jamais assez. Peut-être qu'elle lui a dit. C'était un type que j'ai rencontré un soir à la cantine et qui m'avait proposé de le suivre pour une soirée rock. Je décide d'accepter par pure perversion. Il me montre à danser comme dans les années 1950. J'étais habituée aux fêtes avec Thomas, Hélène et Joan, où l'on buvait du vin en cubi et où on se déchaînait n'importe comment. Là, on bouge comme ci comme ça, on passe le bras derrière, *boogie woogie yay*. Dans l'autobus du retour, mon jeune cavalier balade son regard sur la foule : « Regarde autour de nous. On est vraiment les seuls Français à bord. » Je me dis, merde, encore un facho. J'approuve pour l'entendre continuer, je veux qu'il aille au bout de sa haine. Aussi, il a une copine. Qu'il trompe, apparemment. Je pousse le vice jusqu'à l'inviter à monter chez moi, mais je n'arrive pas à faire l'amour, mon corps refuse, c'est devenu grotesque. Il insiste un peu, je me laisse faire, puis je lui demande de partir. Je suis incapable de dormir, j'appelle Hélène dans la nuit pour lui raconter cette étrange aventure. Elle demande si c'est terminé avec

Thomas : « Non, c'était une sorte d'enquête. Je veux comprendre comment font les fascistes, que je lui dis, sans trop y croire. C'est comme pour les acteurs, ça ne compte pas vraiment. » Thomas a dû sentir quelque chose, parce qu'il s'est enfin décidé à venir vivre avec moi tout de suite après. Je n'ai plus jamais revu le type. Bon, vous n'êtes pas obligé d'écrire tout ça.

Si Thomas a cet appartement depuis vingt ans, cela voudrait dire que, même en étant étudiant, thésard, sans le sou, il aurait eu les moyens de le louer. Sauf s'il avait des financements que j'ignore, par sa famille, ou un héritage. Ça me tue mais c'est probable, ses parents étaient blindés. Et puis vous avancez que Thomas aurait eu une histoire avec Marie S. pendant cette période, que leur liaison aurait commencé à ce moment, alors que nous étions à peine mariés. Mais comment voulez-vous que ce soit possible ? Hortense est née l'année suivante. C'est Thomas qui voulait. Dès qu'Hortense est née, il avait trouvé sa mission. Il se levait la nuit, lui chantait des chansons, lui donnait le bain. À quel moment aurait-il eu le temps, l'énergie d'aller voir cette femme ? Thomas a fini par être embauché dans une entreprise de la ville voisine, et Léo est né juste après. Ensuite, nous sommes entrés dans un tunnel de coliques, de fatigue et de cris. Notre mode de vie était réglé comme du papier à musique. Nous n'avions pas une seconde pour nous échapper.

Quand vous me dites cela, c'est comme si le passé pouvait changer. Qu'il s'effaçait à force. J'ai connu, de cela je suis sûre, la liesse intense et secrète des nuits ; mais les détails des rencontres, avec leur flot d'indices et de couleurs, sont comme altérés par l'affolement. Mais je suis sûre d'une chose : nous vivions dans le calme heureux des commencements. Il nous arrivait, dans les bras l'un de l'autre, d'énumérer quelques raisons de vivre. Avoir rencontré Thomas en faisait partie. Et puis, Marie S. est partie à Mayotte à la fin de nos études. Ils auraient donc eu une histoire pendant cinq ans, elle serait partie toutes ces années, puis ils auraient renoué à son retour, quand Thomas a perdu son emploi et qu'il était devenu fou ? Elle est morte quand, Marie ?

Deux mois avant la disparition de Thomas ?

Ça ne tient pas.

(Silence.)

Excusez-moi.
Je me sens mal de ce que j'ai dit sur Hélène. Je suis tellement sous le choc. Vous savez, Hélène est aussi

capable du meilleur. Par exemple, le jour de mes trente ans, elle a été super. Elle me téléphone, je suis touchée qu'elle me chante bon anniversaire, avec son piano. C'est un joli souvenir. C'est là qu'elle m'apprend qu'elle démissionne de l'Éducation nationale pour se consacrer entièrement au théâtre. Elle riait de joie. J'essayais de partager son bonheur, Léo hurlant dans mes bras. Notre fils venait d'avoir deux ans. Thomas travaillait beaucoup, mais il était là, il n'était pas là à mi-temps, ou perdu dans ses pensées. Il était vraiment là. Il était le mari, le père, il était là, physiquement là. Il dormait avec moi toutes les nuits, je le voyais tout le temps.

Depuis la fin de nos études, j'avais le sentiment d'avoir traversé mille épreuves, là où Hélène, libre de ses mouvements, n'avait rencontré à mes yeux que de petits ennuis superficiels. Aussi, la vie dans un quartier difficile du Nord m'avait sortie de ma candeur. De toute évidence, nous avancions tous, collectivement, vers une forme inéluctable de misère. L'idée de devoir envisager de grands drames, une guerre par exemple, ne m'avait jamais effleurée auparavant, je veux dire sérieusement. Au fil des années, cette éventualité est devenue envisageable. Je sentais chez mes élèves et mes collègues une anxiété grandissante, qui se traduisait par de perpétuels accès de violence. Cette ambiance délétère avait fini par nous couper du monde. Le soir, nous nous dépêchions de nous enfermer dans la sécurité

apparente de notre maison, si bien que, en dehors de nos anciens camarades de fac, nous avions peu de nouveaux amis. Nous vivions en huis clos.
Nous allions voir Hélène parfois, à Paris, mais quelque chose était brisé. Elle me semblait si loin. Elle organisait des dîners, des pique-niques, des soirées, des week-ends. J'ai retrouvé ce que j'aimais tant chez elle : sa chaleur, sa fragilité outrageuse, sa générosité désespérée d'amour. Elle vivait dans une fête permanente, avec ses amis comédiens qui parlaient fort et qui étaient très maquillés. Toutes ces années, Thomas et moi avions oublié la joie du dehors, sa saine énergie. Du moins le pensais-je. Est-ce que Thomas allait chercher cette folie ailleurs ? Hélène, elle, était toujours dans un tourbillon. Malgré les tensions qui émaillaient le pays tout entier, Hélène continuait à rassembler les gens et créait des brassages, du mouvement. Elle n'avait pas oublié à quel point la fête pouvait être le lieu des carambolages heureux. Une petite troupe excitée gravitait autour d'elle comme des insectes affolés par la chaleur d'une lampe. Elle ne s'est jamais mariée, n'a jamais voulu d'enfant, ne s'est jamais ancrée quelque part. Je crois qu'elle a eu raison de choisir ce déséquilibre permanent, cette inquiétude.

Surtout, le lendemain de ces fêtes, je me disais : nous aussi, nous pourrions faire comme Hélène. Recommencer tout. Entrer dans la liesse. C'était une prière pour plus tard, pour supporter le présent. J'avais dit à Thomas : peut-être qu'un jour, nous quitterons la ville. Nous aurons une autre vie. Nous apprendrons à vivre selon les éléments. Peut-être que nous dormirons et nous lèverons au rythme des soleils. Le ciel, le fleuve et le vent seront nos chapelles. Nous nous laisserons submerger par le seul ordre qui tienne, celui des saisons, avec ses caprices. Je me disais cela, pour sortir du sentiment d'impasse dans lequel nos vies nous menaient. Pour que devant nos yeux se percent mille portes, dans ce labyrinthe où nous étions perdus.

Hélène

Thomas a cette capacité d'exciter quelque chose de maternel chez les femmes. Même avec moi. Il fallait que je sois là pour lui. Il me faisait pitié, il était tellement désarmé. Aussi, il ne se sentait jamais coupable. Il fallait toujours qu'il explique son comportement par « ses parents indifférents », « sa jeunesse en prison », « ses tentatives désespérées pour se faire aimer de son père », « sa femme qui ne pense qu'à son vignoble », « ses gosses qu'il a l'impression d'élever tout seul », « la pression à son travail » et j'en passe. Je ne le réalisais pas vraiment avant. Mais c'est en mettant bout à bout tous mes souvenirs que soudain il m'apparaît comme la victime idéale. En vous parlant de Thomas comme ça, tous les jours, je me rends compte que je le construis. Il prend forme. Avant, il était là, il pouvait se défendre ; maintenant, il n'y a que nos paroles pour le faire exister. Comment faire un portrait d'absent ? Thomas aussi avait son absente. À vingt ans, et c'était là son plus grand drame, et ça je ne le découvre qu'aujourd'hui, il avait perdu Marie. Elle en avait choisi un autre, qu'elle suivrait à Mayotte, et qu'elle épouserait. De ce fait, leur histoire était restée intacte, dans un espace forclos, protégé du temps, ce qui, évidemment, avait dû accroître leur passion inentamée. De ce que vous me dites, dans les deux années qui ont précédé sa disparition, ils se voyaient un peu partout. Dans son appartement, dans des hôtels, en voyages. C'est ça ? Le soir, après ses petites escapades de l'après-midi, il rentrait, tranquille. On voit bien le topo : il arrive à Valroye, il retrouve sa femme, il retombe amoureux. Tout était en ordre. Tout était rangé dans les bonnes cases. Comme il aime. En parlant de lui je passe de la haine à l'admiration. Admiration pour le voyou parfait. Pour son génie criminel. C'est du bon boulot, quoi. C'est... *(silence)* propre.

Les gens sont rarement seuls. Il y a toujours quelqu'un qui vous suit ou vous précède, dans le secret des souvenirs. J'ai toujours cru que les couples, tous les couples, fonctionnaient ainsi. Ceux qui se tiennent par la main sont épaulés par d'autres, à leur gauche, à leur droite ; ils avancent parmi une foule de fantômes qui se frôlent. Thomas pouvait être très jaloux, comme tous les infidèles. Il s'inquiétait beaucoup de l'emploi du temps de Claire. Il l'espionnait aussi, parfois. Il me disait que lorsqu'il traversait un quartier avec une femme et qu'elle disait reconnaître les lieux, il était pris d'une jalousie féroce, irrationnelle. Ces femmes, c'était à lui, pour lui. Les rues, les moments, il les voulait vierges de tout passé. Il ne pouvait s'empêcher de penser que pour une femme il était sans cesse en concurrence, qu'elle chercherait le plus offrant et que, d'une seconde à l'autre, il serait remplacé. Il l'avait vécu si fort à vingt ans qu'inévitablement la malédiction se répéterait.

Si on suit votre hypothèse, et encore je ne suis pas sûre de ce que vous avancez, il a dû recommencer à fréquenter Marie quand il a été licencié. C'est vrai que du jour au lendemain, il avait du temps. Il était perdu. C'était une sale période pour tout le monde. C'était la canicule, pour changer. Cette chaleur atroce, collante, distord le temps. Thomas me disait que la récolte de Claire était fichue. Les feuilles avaient complètement brûlé, comme d'hab'. Les tiges étaient desséchées et les fruits déjà secs. J'imagine qu'entre eux, ça n'allait pas fort. En deux étés, rappelez-vous, le pays avait perdu une bonne partie et de ses vieux, et de ses récoltes. Des territoires entiers manquaient d'eau. Nous avons réalisé que nous étions, tous, dans la potentielle deuxième vague de morts, la prochaine ligne de mire. Thomas, au téléphone, me racontait que Claire était si angoissée qu'elle avait cessé de manger. Qu'il la voyait fondre, s'effacer, devenir cette espèce de ligne, jusqu'au néant. Cela aurait pu être joli, mais c'était triste.

Pour Thomas, le plus dur, avec le chômage, ça a été de s'apercevoir que sa famille, qu'il connaissait peu au fond, fonctionnait parfaitement sans lui. Soudain, sa présence comme son absence leur étaient indifférentes. Ils fonctionnaient sans Thomas, déjà, depuis des années. Chez lui, il assistait à des scènes lointaines, comme si la porte de sa propre maison s'entrouvrait sur un accueil de lumière puis se refermait aussitôt. Il était obsédé par la figure du « bon père » et prenait peu à peu conscience qu'il avait largement échoué dans son entreprise. Dans sa période de dépression post-licenciement, quand il rentrait au matin, la gueule défaite, Claire levait les yeux sur lui, et, me disait-il, « son visage était vide ». Aucun reproche, aucune question. Elle ne disait rien, elle n'était pas inquisitrice. Lui pensait que c'était de l'indifférence ou de la stupidité pure. Il n'a jamais imaginé, le con, que c'était un calcul pour qu'il reste, pour lui donner une illusion d'espace, de liberté. Il se trouvait minable, se promettait de ne pas recommencer, mais moi, je sais. Je sais ce qui se passe, dans ces vies dédoublées qui sont en réalité des vies redoublées. Il se sentait coupable avant, et après, mais pas pendant qu'il trompait. Pendant, il vivait, il respirait. On ne peut pas arrêter ces choses-là. On ne peut pas décider. Parce que même la plus misérable étreinte, au fond d'une chambre d'hôtel sordide, vous rattache au sacré. Si ça s'arrête, on meurt. Il avait retrouvé Marie, maintenant ça m'apparaît évident, et d'une certaine manière complètement tordue, en faisant ce saut temporel, en retrouvant son amour d'avant, il retrouvait aussi la possibilité de recommencer sa vie, de reprendre là où il avait décidé de prendre une autre voie.

Dans les deux dernières années, quand j'apprenais à des connaissances éloignées la disparition de Thomas, je prenais un certain plaisir à voir la réaction des gens. Surpris, tragiquement. Comme s'il n'y avait jamais eu de messages d'alerte. Ça me rendait dingue. Il y a beaucoup de gens qui ont une vie sans drame. Ils traversent la vie sans échecs, sans événements graves. C'est surprenant, leur impréparation. Ces mêmes gens, qui avaient eu une existence sans heurt, nous disaient : « Mais il faut signaler sa disparition ! » Les gens qui n'ont rien vécu dans leur vie vous disent toujours ce qu'il faut faire. Ils ont déjà réfléchi à tout. Ils savent mieux que vous.

Est-ce qu'on en a encore pour longtemps ? Vous en êtes où, là ? C'est quoi les prochaines étapes ? Il y a les enfants, et les récoltes qui n'attendent pas. On ne peut pas passer des jours et des jours loin de la Commune, il y a trop à faire. Et puis excusez-moi mais ce n'est pas un exercice facile ce que vous nous demandez. C'est éprouvant. Moi j'ai mal à la tête le soir et puis ça ne m'amuse pas plus que ça de vous raconter toute ma *life*.

Quand je suis arrivée à la Commune, au début, je trouvais que c'était l'enfer. Cette communauté, c'est un trou perdu, vraiment loin dans la montagne. C'est difficile d'y accéder. Je trouvais ça ahurissant comme endroit, très arriéré. C'était la fin du monde pour moi. Les gens vivent dans des cabanes, cultivent des fruits et des légumes... Il y a des poules et quelques chèvres. Il faut s'imaginer l'endroit, quand même. D'ici, dans ce bureau, ça vous paraît un peu abstrait. Globalement, là-bas, les gens vivent de l'artisanat ou de l'agriculture. On fait des huiles, des eaux de fleurs, du pain, de la cueillette sauvage de plantes, de fruits et de champignons, des pâtes de châtaigne, on fait aussi du fromage que l'on vend au marché. Et du vin. Ça c'est une grosse part de l'économie. Toute l'énergie est consacrée à cultiver la terre puis à faire sécher les fruits ou à mettre des légumes en bocaux, à faire des conserves, à anticiper le mois à venir, l'hiver à venir. On passe beaucoup de temps à traiter les vignes avec des tisanes, à surveiller les vinifications, à faire tous les travaux viticoles. Il y a aussi des enfants, donc moi je suis nourrie en échange des cours que je donne, je

n'ai pas besoin de faire autant d'heures aux travaux des champs.
Au début, je ne voyais pas la beauté. Vraiment pas. Et puis quand j'ai commencé à m'impliquer un peu plus, à sortir de mon espèce de crise d'adolescence à presque quarante ans, on m'a demandé, très gentiment : « Alors, qu'est-ce que tu sais faire ? » Soudain j'ai découvert que je ne savais rien faire. Ni coudre, ni cuisiner, ni faire de la menuiserie, ni réparer une machine. Rien. Mais la liste continue, c'est ça le pire. Je ne savais ni faire du pain, ni traire des chèvres, ni comment poussent les légumes, ni reconnaître les plantes, les fruits, je ne connaissais même pas le nom des oiseaux. Je ne savais pas comment on se protège du froid, de la pluie, des dangers. Rien de ce qui est fondamental. C'étaient des savoirs qui avaient été capturés, confisqués pour qu'ils deviennent la propriété exclusive de quelques personnes qui les possédaient et qu'il fallait désormais payer.
À la Commune, j'ai appris tout ça. J'ai aussi appris à pêcher. Je me rappelle avoir été effrayée par la force vitale d'une truite qui se débattait au bout de mon hameçon, d'avoir eu pitié de sa souffrance. J'ai dû m'habituer à la violence des forêts. Aujourd'hui je ne voudrais pas vivre ailleurs mais ça a mis le temps. J'apprends tous les jours, je ne suis qu'au début d'un apprentissage immense. Cette idée forge ma joie même si ce n'est pas si évident de trouver sa

place dans une organisation en essaim, comme ces oiseaux qui forment une masse, les étourneaux, vous voyez. Ils se rassemblent l'hiver, par milliers, ou par dizaines de milliers, quand la saison est mauvaise. Ils volent ensemble, en nuage, surtout le soir quand ils cherchent un lieu pour dormir et se mettre à l'abri. Au matin, les groupes se séparent. Certains vont chercher de la nourriture pour les autres. Ils partageraient des informations ; trouveraient plus facilement leur nourriture ; prendraient collectivement la décision de leurs sites dortoirs ; se protégeraient mieux collectivement contre les prédateurs et les rapaces. On ne comprend pas comment ils s'organisent, sans chef. Ils pensent ensemble, en murmurations ; se meuvent ensemble sans jamais se heurter les uns aux autres. Chacun se positionne par rapport à ceux qui évoluent au-dessous et au-dessus. Ils n'obéissent à rien d'autre qu'au mouvement organique qui les porte. La Commune fonctionne ainsi, mais il faut du temps pour s'y fondre, pour comprendre ces mouvements-là. Épouser les chemins des autres, être attentif aux corps.

La fenêtre, là.

Vous avez remarqué ? Vous avez entendu ? Depuis le début de nos entretiens. Elle ne laisse entrer que des bruits de voix, et parfois, rarement, quelques oiseaux perdus, qui ont soif et qui ont faim.

Joan

Mais évidemment qu'on l'a su tout de suite. Nos amis, sur les réseaux, ne parlaient que de ça. Avec Claire, on s'était demandé : « Mais c'est vraiment elle ? » On était désolées mais on n'avait plus entendu parler de Marie depuis vingt ans alors c'était un peu… Je ne sais pas pourquoi vous tenez à insister, je ne vois pas le lien. *It's absurd.* Nous ne sommes pas ici pour parler de Marie, donc je ne sais pas… Hier soir Hélène m'a appelée de son hôtel, elle répétait : « On aurait dû aller aux obsèques de Marie », « C'est affreux », « Ses parents si gentils », en sanglotant. J'étais un peu étonnée par son émotion, je trouvais ça hyper-déplacé. Écoute, que je lui dis. Ça arrive. Les gens meurent. Ils vivent et puis ils meurent, voilà, c'est tout. Sauf qu'au moment de sa mort, on ne l'avait pas vue depuis vingt ans. C'était quoi, cette soudaine émotion ? Je ne sais pas pourquoi j'ai réagi si sèchement, alors que ça m'a touchée au fond. Hélène est pudique. Et puis Marie S.,

elle avait ses raisons. Elle était peut-être impliquée dans des histoires. Vous dites qu'elle a été l'amante de Thomas. C'est désolant, mais pourquoi pas. Plus rien ne m'étonne. J'imagine que vous avez des preuves. On ne sait jamais ce que fabriquent les gens.
Et puis en venant ce matin je me disais : pourquoi, soudain, quelqu'un d'aussi lointain dans ma mémoire, dans ma vie affective, ressurgit avec autant de force ? Comme si on était restées amies, alors que je l'avais complètement oubliée celle-là. Les gens auxquels on ne pense plus jamais, ils sont déjà un peu morts. En parler froidement m'apparaît très difficile. Marie a traîné un moment avec Hélène et Joan et ensuite on ne l'a plus revue. C'était une jeune femme très douce et jolie, elle portait souvent des robes, je me rappelle avoir été assez impressionnée par toute cette féminité. Ses cheveux, ses ongles, ses gestes, tout était soigné chez elle. C'est quelque chose que j'admire en vrai, les femmes qui font ça naturellement, qui s'habillent comme ça. Qui jouent avec leurs cheveux pour faire des chignons imaginaires qui se défont tout de suite. Elle préparait les concours de lettres classiques, elle voulait enseigner le latin. Elle ne venait pas aux manifs.
(Une pause.)
Claire n'allait pas retenir son mari avec une corde. Quand elle s'est décidée enfin à venir à la Commune, elle était entrée dans une forme de résignation. C'est comme si elle se disait : « Il ne reviendra pas, alors,

moi, je pars. » Elle m'a dit un jour : « Si j'avais été à la place de Thomas j'aurais fait pareil, je me serais barrée. » *That's weird, isn't it ?*

Avec Claire, on voulait qu'Hélène nous rejoigne. On avait envie de revenir à notre jeunesse, tout recommencer, comme à la fac. Quand je pouvais appeler Hélène avec le seul téléphone portable que nous partageons, je lui énumérais notre mode de vie paysan, et elle se fichait de nous ! En plein cœur de l'Occident, nous vivons les pieds dans la boue. Nous n'avons pas d'eau chaude et nous nous soignons avec les plantes. Mais je lui disais aussi mon soulagement d'avoir trouvé la paix. D'apprendre des choses nouvelles, dans une rare harmonie. Pour mes camarades, j'avais grandi en Bretagne de mère anglaise. Au-delà, nulle question. Ils savaient qu'ils ne devaient pas parler de moi en dehors de la Commune. Ils respectaient cela. Je lui disais qu'elle trouverait sa place, qu'on lui ferait un petit cocon, qu'on l'accueillerait, qu'elle apprendrait. Elle a beaucoup hésité. Et puis elle est venue.

Claire

Quand j'ai fini par accepter le fait que Thomas ne reviendrait plus, j'ai voulu faire comme lui. Pour comprendre. Ça a été le début de ma propre enquête. La nuit, je sortais, je marchais. J'écoutais le battement d'ailes des chauves-souris. J'imaginais leurs petites dents pointues, avec leur visage effrayant. J'aurais voulu entrer dans la forêt et ne plus en sortir qu'au matin, exsangue de fatigue, exactement comme Thomas, quand il sortait pour s'épuiser. Je voyais la forêt devant et la maison derrière ; je regardais le monde comme lui le voyait, sauf que dans cette maison il y avait mes enfants qui m'attendaient, inquiets et suppliants. Je me disais : si je fais comme Thomas, cela me remettra sur sa piste, je le retrouverai ; et en même temps, je ferai souffrir mes enfants à un point tel qu'ils pourraient en crever. Alors je ne pars jamais vraiment loin. C'est ce que font les mères. Je devrais déjà être en tenue de deuil en train de lui chercher un cercueil mais non, je reste là, sur le seuil, et un cri reste.

J'ai parfois l'impression que rien de tout cela n'a eu lieu. C'est un mirage confortable, une idée trompeuse suggérée par la régularité des gestes et des saisons, des cycles qui sont toujours les mêmes. Je regarde le cheval, la vache, le mouton, le chemin. Je vois le pommier, le rocher, les papillons blancs. Quel âge ont-ils ? Ce sont les mêmes depuis mille ans, même s'il y en a de moins en moins. Et puis un jour je me suis faite à cette idée : si notre amour est mort, c'est que Thomas est, d'une certaine manière, mort. Notre amour est mort, cette maison est morte, notre vie ensemble est morte. Et me voilà.

Pendant longtemps, j'ai caché mon téléphone pour ne pas voir, pour ne pas attendre, devant le silence. J'éteignais mon téléphone. Je rallumais mon téléphone. J'éteignais mon téléphone. Je le rallumais en le laissant sur silencieux. Puis je le guettais du coin de l'œil, si jamais j'avais eu un message. J'aurais aimé penser à autre chose, faire autre chose que de tenter de dominer le diable. Aux vignes, au chai, avec les enfants, en voiture, partout, je suis désormais habitée par cette chose, ce petit air frais de cimetière. Thomas ne disparaîtra jamais vraiment.

Quand j'ai commencé à venir ici pour vous raconter tout ça, au début, j'avais peur qu'en nommant les choses, elles se salissent. Mais finalement, rien ne se corrompt, parce que rien n'est pur au commencement. Quand un an est passé, j'ai décidé qu'il était temps de partir. Ma vie était rythmée par un calendrier enfoui. Chaque jour correspondait à un autre jour, secret et noir. Je revivais chaque heure, jour après jour de l'année précédente, avec la même peine inconsolable. Au fil des mois, les objets de Thomas prenaient la poussière. Des mites avaient troué ses pulls, et chaque vestige de lui avait pris une couleur particulière. Alors qu'il étaient dotés d'une âme, ses objets étaient soudain devenus des astres sans éclat. J'ai tout pris et j'ai tout jeté. Dans des sacs-poubelles, dans des bennes. Tout ce qui appartenait à Thomas a disparu, comme on le fait pour les morts. J'ai eu du mal avec certains objets. Les photos, mais aussi les souvenirs de voyage. De petites choses sans importance et qui témoignaient de notre vie ensemble. Nous avons dit adieu à Valroye, et je suis partie avec les enfants rejoindre Joan à la Commune.

Ce fut beaucoup plus simple, plus heureux que je ne l'imaginais. J'avais quitté la peur, le chagrin et la faim. On s'habitue aux départs. J'avais déjà dit adieu à l'enseignement. Puis j'avais fait renaître des hectares de vignes que j'allais abandonner aux bêtes, aux maladies. C'était lâche, presque de la maltraitance.

Mais à Valroye, avec les canicules successives, le stress hydrique et les maladies de plus en plus intraitables, plus rien ne poussait. La terre était devenue stérile, et tout conférait à la mort. Les vignes avaient été contaminées par des bactéries jusqu'à leur système racinaire. Alors que les disettes se multipliaient, qui se souciait désormais de boire du bon vin ? À la Commune tout restait à faire et à inventer encore. Les sols sont propres, mais il faut lutter tous les jours pour qu'ils le restent, par un paquet de systèmes compliqués dont je vous épargne les détails.
Contrairement à ce que pense Hélène du mariage, je me suis toujours sentie libre avec Thomas, protégée par un lien profond et qui remontait au-delà des mots, à l'arrière de la pensée. Et bien qu'après vingt ans de vie commune il reste cet éternel mystère entre les êtres, j'ai, je crois, la prétention de le connaître un peu ; et dans ce peu-là, il n'y a pas la cruauté. Donc, à vrai dire il y a de petites chances, une infime possibilité, oui, nous pouvons l'envisager maintenant, maintenant seulement je suis prête à l'admettre, qu'il soit mort. Je redoutais les interrogatoires car je ne veux pas apprendre la vérité. Est-ce que vous, vous savez où il est ? Est-ce que vous, vous savez s'il est vivant ou mort ? S'il était mort, je le saurais, pas vrai ?

Vous ne me répondrez jamais ?

Certes, la folie de Thomas était palpable, la folie c'est toujours une sensation. Ce n'est pas l'image que l'on se fait souvent, toujours un peu cinéma, de la folie. Celle de Thomas était bien plus habituelle et quotidienne. Est-ce qu'après vingt ans passés ensemble, je le percevais comme les autres le voient souvent, opaque, fuyant ? Impénétrable ? Thomas avait toujours le bon mot, la bonne attitude, mais il était en décalage, comme s'il s'adaptait aux gens, aux situations. Rien de spontané ne surgissait de lui, jamais. Cette fuite dans ses mouvements et dans sa parole, cette espèce de présence glissée, le gardait toujours loin des autres. Il vivait un peu hors, un peu à côté, comme s'il se filmait sans cesse en train de vivre.

Peut-être que, toutes ces années, j'ai avancé dans une forme de vapeur. Je ne voulais pas vraiment savoir. Je m'enroulais soir après soir, apaisée par sa seule présence, dans le taffetas soyeux des mensonges. Quand je suis arrivée à la Commune, les rayons sont apparus. Il y avait un soleil magnifique, éblouissant. Je percevais les sensations avec une acuité nouvelle. Pour la première fois, les choses étaient vives, les nuées avaient disparu. Je pouvais enfin saisir ma vie sans peur, dans la clarté des choses.

Hélène

Claire, sous ses airs doux, a le don de faire plier les autres à ses désirs. Je pensais que c'était Thomas qui la contrôlait, qui la muselait, qui la tenait dans l'ombre, mais plus j'y pense, plus je crois que c'est bien plus retors que ça. Elle se résigne pour mieux attaquer, mais discrètement, pour ne pas se confronter au conflit. Au fond, c'est Claire qui domine. Elle a l'air docile comme ça, effacée, mais en réalité c'est elle qui décide. C'est elle qui nous a convaincues de l'accompagner ici, Joan et moi. Pour la Commune. Pour le collectif. D'ailleurs, c'est une très grande preuve d'amour de la part de Joan. Claire arrive à faire ce genre de chose. À convaincre Joan de sortir de la peur, à lui dire : il faut le faire, même si tu risques d'être expulsée, pardon mais moi d'abord. J'insiste : j'espère que vous serez indulgents avec Joan, niveau papiers.

Quand je suis arrivée à la Commune, on m'a donné un rôle un peu viril, un peu guerrier. Je ne sais pas pourquoi on me donne souvent ce rôle. Je suis condamnée à cette position, celle qui rassure, celle qui garde les secrets. Au théâtre c'est pareil. Je suis la querelleuse, la garçonne. J'ai aussi beaucoup joué des pères de famille, des patrons, et aussi des bellâtres, des Don Juan. J'avais du plaisir à être ces types-là. J'avais le pouvoir de commander, mais surtout, il fallait, pour bien jouer, que je sois convaincue que je le *méritais*. Je crois que c'est parce que j'ai joué si souvent ces rôles que je comprends comment peut réfléchir et agir quelqu'un comme Thomas. Dans toutes les pièces de théâtre où j'ai eu ces rôles, mon épouse valorise mon personnage. Elle n'existe que pour cette raison. L'épouse n'existe pas, pour l'écrivain. Elle n'a pas été réfléchie en tant qu'être mais en tant que rôle d'appui, de contraste. Et plus la pièce avance, plus cette sujétion se creuse. Peu importe la pièce, peu importe l'auteur – c'est pareil. Mon personnage veut qu'elle m'érige un culte, qui serait nécessaire à mon plaisir. Ce n'est pas écrit noir sur blanc, mais c'est induit dans le travail de la comédienne, qui exige qu'elle soit dans cet état de passion, de dévotion. Par exemple, si je prends Sacha, la jeune amoureuse d'Ivanov, dans la pièce de Tchekhov. Elle dit : « Je t'aime, ça signifie que je rêve à la façon dont je te guérirai de ton angoisse, dont j'irai avec toi à l'autre bout du monde... Toi, tu gravis une montagne, moi, je gravis la montagne ; toi, tu tombes dans un ravin, moi aussi, je tombe dans un ravin. Pour moi, par exemple, ce serait un grand bonheur de recopier tes papiers à longueur de nuit, de rester veiller à longueur de nuit à ce que personne ne te réveille, ou de faire cent verstes à pied avec toi. » En d'autres mots, Sacha n'existe pas. Elle est une mère, une secrétaire. Une martyre ! Elle se définit par Nikolaï Ivanov. Tchekhov n'a pas pris le temps de penser à son personnage en tant qu'être souverain ; ça ne l'intéresse pas. Et cet angle mort dit toute l'incompréhension entre les hommes et les femmes. C'est ainsi à longueur de littérature. C'est Pénélope qui n'existe que parce qu'elle attend Ulysse. Qui est Pénélope, qui est Sacha, à part une figure de la patience ? Rien. Elle est fidèle, et elle m'attend, moi l'homme libre. L'explorateur. Celui qui peut partir. Et c'est normal, parce que je suis le double de l'auteur, c'est-à-dire celui qui ne voit rien d'autre que son œuvre en train de se faire. Après une bonne petite journée d'écriture, le soir, il y aura du bois dans le poêle, de la soupe sur la table et une femme dans mon lit. C'est cela qui me permet de créer et d'agir en toute confiance : en ayant la certitude que Sacha recopiera mes papiers. C'est Gustav Mahler qui dit à sa femme : en m'épousant, tu acceptes d'abandonner toute aspiration artistique, en musique, en peinture, et si tu refuses, je ne t'épouse pas. Je ne t'épouse pas, parce que je ne t'aime pas. Je ne veux pas que tu existes. Je veux seulement que tu tombes dans le ravin avec moi. Vous voyez où je veux en venir. Je ne sais pas si Thomas a pu agir comme il l'a fait parce qu'avant lui il y a cette foule d'hommes qui font pareil, et qui l'y autorisent. Je ne sais pas. En tout cas j'adore ces rôles, tout le monde veut jouer Ivanov évidemment. La dépression d'Ivanov est le summum du narcissisme. C'est facile. C'est exactement ce qu'a fait Thomas une fois qu'il a été licencié : je suis triste, je suis fragile, femmes, prenez soin de moi. Je peux imaginer ce qui a traversé Thomas toutes ces années. J'y accède par le théâtre. Je sais aussi que Marie s'est tuée parce qu'elle suit ce livre, le livre déjà écrit pour elle, la trame déjà rédigée de sa vie. Vous comprenez ? C'est la fiction qui permet de résoudre les énigmes.

Il s'est passé un truc au moment où j'ai déménagé à la Commune. Même si j'étais toujours un peu dans ce rôle de brute, une permutation profonde s'est opérée en moi. Ce n'était plus du jeu. Je n'ai plus été la même dans la rue, dans le travail, dans tous les champs de ma vie. Je n'ai plus marché comme avant, je n'ai plus parlé comme avant. Cette métamorphose m'a suivie partout. Je sais ce que cela procure, de dominer pleinement. Ce n'est même pas masculin. C'est bien plus puissant. C'est une force d'animal. Je comprends le diable depuis l'intérieur. Cette assurance de certains hommes et qui vient de là, de cette certitude d'être attendu. Où que j'aille, j'aurais désormais une maison et j'y serais désirée.

Ce qui me dévaste, c'est qu'une femme comme Marie n'ait pas réalisé tout cela à temps. Si on ne réalise pas cela à temps, on meurt. Pas de manière toujours tragique, mais on meurt : d'être dans l'ombre, dans la crainte, au service d'un homme, ou de quelqu'un qui nous contrôle sous prétexte qu'il nous protège. On ne peut rien attendre du monde ancien, d'un homme comme Thomas, du mirage de la famille, d'une illusion telle. Ce conte, qui enlève la vie des femmes, qui les jette au couvent, dans les rivières, dans la dépression, c'est un conte d'hommes, rêvé pour qu'un homme puisse s'accomplir, écrire sa vie et jouir. Ça n'a rien de merveilleux et ça n'a rien de beau. C'est la vaste supercherie qu'on promet aux femmes. Même Claire n'est pas sortie de ça. Quand je l'écoute parfois, les soirs où elle est triste, étouffée de chagrin, je me dis, c'est dingue, après vingt ans elle l'aime encore, même s'il l'a trahie et abandonnée elle l'aime encore, c'est fou les femmes. Alors que c'est si jouissif de vivre seule. De faire comme les hommes. De se dire : je fais mes trucs, et quand j'aurai envie de rentrer, à l'heure de ma convenance, eh bien je rentrerai. C'est une autre fin possible et elle n'est pas écrite, elle n'apparaît nulle part.

Je ne sais pas pourquoi je me suis mise à détester le fait de faire partie de ce genre appelé « femmes », d'être encore assignée à ce groupe malgré moi. Ce ne sont pas les femmes en tant que telles que je déteste, les pauvres, mais les femmes en tant que celles qui doivent suivre le récit déjà écrit pour elles. C'est ça qui m'a effrayée. À la Commune, je me suis donné la possibilité de quitter ce corps et ces vêtements. La transformation s'est faite. Désormais, je ne souris plus. Je n'ai plus peur, je ne suis plus gentille. Je peux même être désagréable, on me le pardonnera toujours. Un camarade aviné me parle, je le rembarre. Je suis ferme. Je prends l'espace de la parole, peu importe le sujet. Dans tous les comités, on m'écoute. Les machines m'intéressent. L'outil, la technique, l'abstraction : même chose.

Vous nous convoquez ici parce qu'un homme a disparu et qu'une femme est morte. Claire, Joan et moi serions celles qui en sauraient le plus sur cette histoire. On pourrait vous mettre sur la piste de la justice, mais en réalité, ce n'est pas cela que vous cherchez à coincer, à contraindre. Ce que vous voulez, c'est nous contrôler. Vous voulez savoir comment on vit, nous. En autarcie. Loin du monde. Vous cherchez à savoir si on ne fomente pas des complots dangereux, si on ne s'acoquine pas avec un comité invisible. Or, c'est l'inverse qui se produit. À nous écouter, vous êtes comme l'impétrant ébloui par la lumière. Peut-être même que, du fond de votre mépris, engoncé dans vos uniformes, vos salaires réduits à peau de chagrin et vos craintes, vous nous enviez. Ce que vous voulez rompre, c'est notre vie rendue possible loin d'un monde ancien qui vous déroute. Vous exercez la profession la plus proche du prisonnier ; or, même un flic ressent ça. Même un flic reste un animal, qui veut la forêt et qui veut l'air.

Vous m'avez dit que, quand les policiers ont retrouvé le corps de Marie, il y avait une sorte de mise en scène. Que son corps était prostré sous la table de la cuisine. Elle était habillée d'une robe, bien coiffée, maquillée, avec des boucles d'oreilles. On peut vouloir plaire jusque dans la mort. Dans ses mains, elle tenait « un petit bouquet de fleurs sauvages ». C'est joli, non ? Une belle image. Est-ce qu'on peut faire plus littéraire que ça ? C'est bien elle. C'est tout elle. C'est Marie S. *Toi, tu gravis une montagne, moi, je gravis la montagne ; toi, tu tombes dans un ravin, moi aussi, je tombe dans un ravin.* Vous vous rendez compte du ravage de devoir être « celle qui attend » ? Qui se dit : il va me trouver ici, morte, toute jolie dans ma robe, et il va peut-être enfin s'occuper de moi ? Vous devriez plutôt chercher de ce côté-là, si c'est vraiment cette disparition que vous cherchez à résoudre plutôt que celle de Thomas. Que lisait Marie ? Qui était son papa, son frère, son patron, quelle avait été son enfance ?

De quelle emprise a-t-elle été la victime ? Moi je suis partie de chez Des Esseintes à temps, parce que je n'ai pas peur de la misère, mais ce n'est pas le cas de tout le monde, ce qui peut se comprendre aussi.

Gagner la Commune, ça ne voulait pas dire prendre ses petites affaires et changer d'appartement, ou faire un retour à la nature, ou vouloir respirer l'air pur de la campagne, ou faire une reconversion professionnelle dans les métiers de l'artisanat. C'était faire la révolution. Pour éviter ça, justement. Pour ne pas finir comme Marie. Ça n'a rien à voir avec quelque chose de facile. C'était dire adieu à cette idée souffrante de l'amour, qui fabrique des femmes sacrifiées – la preuve – et des hommes libres quoique torturés – la preuve. La Commune m'a sortie de ça. C'est en arrivant là-bas que je me suis coupé les cheveux très court. Je ressemblais encore à une fille, à l'Hélène d'avant, et ça me dégoûtait. Je ne voulais pas qu'il y ait une quelconque ambiguïté, je ne voulais pas envoyer des mauvais signaux. Puis je me suis rasé la tête pour ressembler à un soldat, non, à un bonze. À chaque mèche qui tombait sur le sol, je me sentais libérée, j'approchais de l'os. Quelque chose s'éclaircissait, je ressemblais enfin à quelque chose qui me plaisait, et pour une fois, ce n'était pas un déguisement. Je ne voulais pas être un homme, vous aurez bien compris que je ne suis pas fascinée par eux. Mais je voulais

effacer ce qui me détermine par le sexe. Être seulement un squelette et des muscles et un cerveau et un ventre et des terminaisons nerveuses et que cela suffise pour survivre.
Vous avez arrêté d'écrire.

Joan

À la Commune on n'est jamais tranquilles, faut pas croire. On reçoit tout le temps des menaces, mais la police ne vient pas. Elle ne vient jamais vraiment détruire nos maisons. On passe juste quelques semaines à avoir mal au ventre. Mais depuis quelque temps, on a passé un cran je trouve. Je veux dire, Thomas, c'est le mari de Claire. S'il est toujours en vie, s'il a fait quelque chose de grave, c'est comme si le danger se rapprochait, comme s'il venait de l'intérieur. Je veux dire, si, admettons, il est encore en vie, il pourrait très bien venir à la Commune et tuer tout le monde, pourquoi pas. Ou demander qu'on l'accueille. Oui parce qu'on accueille tout le temps les gens qui cherchent un toit, l'asile. Beaucoup d'étrangers comme moi. Je fais la traduction souvent. Parfois ils restent mais la plupart du temps ils repartent. C'est juste une escale. Quel genre de visiteurs ? Plein. Je pense au Voyageur, un type aux cheveux noirs, les joues creusées par la fatigue, qui est venu un jour. Il disait qu'il avait faim et soif alors on lui a donné à manger. Il a passé le reste de la journée à marcher dans notre petit village, à observer nos différentes activités. Le soir, il est resté pour le dîner, et plusieurs soirs ensuite. Le Voyageur est bon conteur. De toute évidence, sa vie est un roman dont il modifie l'action pour la rendre plus *thrilling*. Quand il nous a annoncé savoir travailler au cheval, l'un des nôtres lui a proposé de rester pour les labours. Je suis étonnée par cette proposition, car la décision d'intégrer quelqu'un d'extérieur à la Commune doit être prise collectivement. Mais le Voyageur a exercé une telle fascination sur mes camarades, que toutes les règles, pour lui, avaient été transgressées ; une forme d'empressement se faisait sentir autour de lui, comme s'il fallait absolument le retenir, par peur qu'il ne s'échappe. À cette proposition de rester parmi nous, le Voyageur avait feint l'étonnement, il avait hésité, dit qu'il allait réfléchir, et cet art de se faire désirer m'agaçait prodigieusement, *it's unbearable*.

Sauf que quelque chose cloche. Ce n'est pas vrai, *this guy is a liar* que je dis à Claire, « ce gars-là n'est pas cocher-laboureur ». Claire hausse les épaules. Personne ne semble se douter de rien. Je continuer de l'épier, à la recherche de la faille. Il m'attire et il m'irrite. J'ai envie de l'écouter, de participer à ses conversations mais je n'y arrive pas. Constamment, le Voyageur donne son avis sur tout et même sur comment on

lave une salade, avec ce ton énervant qui donne de la supériorité aux choses banales. Après quelques jours, il est copain avec tout le monde, sauf avec moi.
Voilà. Ce genre de personnage. On en rencontre tout le temps, tous les jours.
C'est difficile de parler de ça, de la manière dont nous accueillons les gens. J'en avais un peu marre de passer pour la *prudish*. J'ai fini par sortir avec le Voyageur. Je me demandais : est-ce vraiment moi qu'il a choisie, de toutes les filles, ici ? Ou bien suis-je *just another girl, the next one* ? Il m'a dit l'autre jour qu'il vit dans un petit hôtel près de la Commune. Je ne sais même pas si c'est vrai mais cela me plaît, cette vie sans adresse. J'ai l'impression que nous sommes semblables, lui et moi, des errants, des *wanderers*. Tous les jours je lui demande s'il va revenir, et lui il répond, méchamment : « Oui, pour le cheval. » On se dit au revoir. Et tous les jours j'ai envie de pleurer parce que je ne sais pas s'il va revenir.
De tout cela, je ne peux m'ouvrir à Hélène et Claire. Vous n'êtes pas obligé de noter tout ça.

C'est facile d'attendre. Cette attente pourrait durer encore toute ma vie, jusqu'à l'échec, jusqu'à la mort. Quand le Voyageur réapparaît, je me demande : est-ce qu'il restera ? Parfois, il le fait, et parfois, il ne le fait pas. Cette inquiétude me garde dans un état d'attente auquel je me plie, volontairement. Parce que je suis habituée à cela, parce qu'il y a un plaisir immense à cela. Je ne cherche pas à me faire du bien. Voilà l'épreuve terrible de l'existence, avec sa déchirure. Voilà tout ce que je ne peux pas dire à mes amies. Le Voyageur apparaît, inspiration. Il disparaît, expiration. Tous les jours ainsi, rythmés par lui. Sa présence est aussi puissante que son absence.

J'ai tout fait pour garder cette histoire secrète, car elle contient un poison. Les autres, elles seraient jalouses, elles seraient mesquines. Si elles savaient vraiment ce qui se joue entre le Voyageur et moi, elles me jugeraient, et tout sombrerait dans la médiocrité.

Claire

Ce matin, je me suis dit : si Marie est morte, au moins, ils ne sont plus ensemble. J'en suis arrivée là. À ce niveau d'égoïsme. Ce qui me dérange le plus dans cette histoire, c'est que Thomas ait pu aimer cette femme *jusqu'à disparaître*. Qu'en apprenant son décès il a préféré fuir plutôt que de revenir vers moi. Hélène m'a hurlé dessus en disant que ce type de raisonnement, ce n'était pas de l'amour mais de la maladie mentale. Au fil des jours le puzzle se reconstitue. Les photos, les images, ce que vous me dites de Marie. Et soudain je vois l'histoire, je recompose les manques. Je réalise que les indices étaient nombreux, qu'ils étaient seulement dans le désordre. Vous me dites : rappelez-vous, les absences, à quel moment, pendant combien de temps. Mais à Valroye j'ai tant de souvenirs sans Thomas. Il y a tant de moments où je ne l'ai pas vu, où il n'a pas existé.

(Je me baigne avec Léo et quelque chose ne va pas, quelque chose me rend malheureuse. Pourtant, tout est joli : le bout des feuilles de saule aux abords du lac, mon fils dans son petit caleçon noir, ses bouées jaunes. C'est l'été, il rit. Il est content que je m'occupe de lui et seulement de lui. Il m'arrose avec ses petites mains, dans la surprise je lui ordonne d'arrêter mais il redouble d'ardeur. Il ne se doute pas que je suis là sans être là, parce que je pense à Thomas qui ne connaîtra jamais le souvenir de cet été-là. Il n'aura pas vécu le lac glacial et le sourire de son fils. Il ne se souviendra pas de ces moments, sa femme en maillot, un peu triste dans le lac froid, jouant avec son fils, blond comme le soleil.)

Non, non, j'écoute. Je signe tout ce que vous voulez.

(Un dimanche. Je démêle les boucles d'Hortense pendant des heures. Nous entendons le tic-tac de l'horloge de la cuisine. Hortense regarde par la fenêtre. Je passe le peigne qui s'accroche dans les nœuds, parfois elle dit « Aïe ». Je m'excuse chaque fois de lui faire mal, même si ce ne sera jamais suffisant. Les excuses ne servent à rien. Thomas n'est pas là et encore une fois je me dis : « Je suis coincée. »)

Avant qu'on n'emménage à la Commune, mes enfants étaient devenus la risée du village : ils avaient été abandonnés, ils étaient orphelins. Plusieurs familles avaient quitté Valroye, et l'école était fermée une semaine sur deux, faute de personnel. Plus rien ne fonctionnait normalement. Les cultures inondées de pesticides avaient réduit les approvisionnements et ça rendait tout le monde fou furieux. Surtout, il y avait de plus en plus de violence, et de policiers armés, qui tiraient pour faire peur, dans les villages, tout le temps, pour rien.

C'était la terre qui me faisait tenir. Cela faisait des années que je trouvais des réponses dans des forces puissantes qui me dépassaient. Les marées, la lune, ces mouvements lointains qui exerçaient sur nous leurs mains invisibles. Que pouvait me dire la nature de la violence des hommes ? J'ai le souvenir étrange d'une cohorte de mouches s'acharnant sur le corps d'un grillon, pattes écartelées, corps offert aux bouches à la frénésie éhontée, et qui m'avait comme donné une leçon. La vie, partout affolée, poursuivait son œuvre insolente. En reprenant son histoire avec Marie, Thomas faisait comme ces mouches : penché sur le cadavre de notre amour, s'y perdant. Il trouvait là ce qu'il fallait, juste assez en réalité, pour supporter le prix exorbitant de la norme.

Hélène

On se dit : « Comment n'a-t-elle pas vu, pas su ? ». Quelle idiote ! Non seulement elle se fait avoir pendant vingt ans, mais en plus, elle n'a pas eu l'intelligence, la clairvoyance de le pressentir ! Mais soyons sérieux. Claire savait, depuis toujours. C'était juste un peu loin, un peu flou. C'est comme avec les clients – j'ai envie de dire les patients, tellement la plupart arrivaient chez moi meurtris. Ils étaient, chaque fois, persuadés d'être les seuls. *Le* seul. Toujours. Alors qu'ils percevaient bien, sans pouvoir dire comment ni pourquoi, que ce n'était pas le cas. Ils voulaient tellement être les seuls, chaque fois, m'avoir tout entière pour eux, comme on n'a qu'une maman. On ne sort pas de ça. Ils avaient la classe de ne poser aucune question, ou alors de croire à mes explications, en pardonnant aussitôt. Parfois, à la Commune, dans les moments de découragement je me dis : quand même, j'aimais bien ma petite piaule, à Paris. Je faisais du bien aux gens, je les remettais sur la voie du corps, c'était doux. Et puis je me ravise.

Donc maintenant : soit vous déclarez Thomas mort, ce qui n'est apparemment pas possible, soit vous poursuivez l'enquête, soit vous le déclarez absent, et Claire pourra vendre sa maison. Ensuite, on a des années de travaux devant nous. Pourquoi vous ne voulez pas ? Qu'est-ce qui vous manque, encore ?

Quand je suis arrivée à la Commune, je regardais ceux avec qui j'allais vivre, contents d'eux-mêmes, les vêtements tachés, très bronzés et les cheveux sales, avec des colliers... À palabrer sur le capitalisme, alors qu'ils étaient tous bien nés. Je me suis dit : OK, ça fait des années que je patauge dans ce genre de milieu, je suis partie à des centaines de kilomètres pour fuir ça, et je les retrouve. Les mêmes. Il y a eu un déjeuner pour m'accueillir, la nourriture venait du jardin, je n'avais jamais mangé des trucs aussi bons. Joan et Claire étaient très contentes de me voir arriver, sauf qu'il y avait une crispation dans l'air. J'étais la fille venue de la ville, et on attendait de savoir ce que j'allais pouvoir donner en retour. C'était quoi, ma monnaie d'échange ? La surveillance, mutuelle, était permanente. J'ai beaucoup jugé ce système au début, qui était calculé sur un niveau de pénibilité. Laver les toilettes est toujours mieux récompensé qu'éplucher les carottes, par exemple. La récompense s'achète en heures de solitude. Je trouvais le projet politique un peu faible. Je me disais : ils n'ont pas cherché à modifier les structures ou les lois ! Cette petite communauté est inoffensive ! Ils se sont juste construit un petit abri bien peinard pour manger bio dans la raie la plus profonde des montagnes ! L'Éden retrouvé ! Au pays de Candy, on s'amuse et on rigole à fond ! Je jugeais tout le temps. Je ne voulais pas m'intégrer vraiment.

Le pire, je crois, c'était de constater que les enfants suivaient une instruction aléatoire, en fonction de la météo ou des travaux des champs, ou de la disponibilité de ceux qui pouvaient s'improviser profs. Quand j'ai vu ça, ça a été le déclencheur. Je me suis dit, je peux enseigner, il me reste encore des notions de grammaire et de maths. Les parents étaient ravis, les enfants ont râlé, la récré était finie, et moi j'ai arrêté de cracher sur tout, tout le temps, parce que j'avais trouvé ma place, que c'était la mienne, et surtout, que personne ne la voulait. Je ne volais rien à personne. Et j'ai pu, à partir de ce moment, dire que la Commune était devenue chez moi, que c'était la maison. J'ai adhéré, au début timidement, puis de tout mon cœur, à cette manière de vivre. J'avais aménagé une chambre dans une caravane aux vitres cassées. J'avais l'impression d'être Jonas dans sa carcasse. Il faisait froid et mes vêtements étaient trempés d'humidité au matin, comme si je sortais d'une piscine. Puis j'ai appris à construire ma propre maison, avec du torchis.

Quand j'ai commencé à faire cours, j'en ai éprouvé une vraie fierté, même si, parfois, j'étais découragée et scandalisée d'être là. Je disais à Joan, dans les rares moments d'intimité que je lui arrachais, à quel point je trouvais leur système enfermant et violent. Elle m'écoutait poliment, elle accueillait ma peine. Joan avait une longueur d'avance. Toutes ces petites étapes de deuil de la vie d'avant, elle les avait franchies avant moi. Elle l'avait déjà fait avec son pays, ses parents, sa langue, dans une longue succession de cassures. Ici, elle avait pu imaginer de nouvelles figures et de nouvelles réalités à partir de rien, seulement de son corps et du soutien des autres. Elle avait été capable de cet abandon qui l'obligeait à se faire confiance, à demander du secours. On met du temps avant de se défaire de cette propagande publicitaire, celle de l'être seul-au-monde. On ne peut pas survivre seul. *Walden* est un mythe stupide, écrit par un type qui même adulte allait manger chez sa mère – encore une, encore le putain d'éternel féminin de mes couilles qui cherche désespérément à se faire aimer de son fils. Cynthia Dunbar, qu'elle s'appelle. Qui se souvient de Cynthia Dunbar ? Ben voilà. La mère de Thoreau, elle fait la vaisselle de son anarchiste de fils, l'attend durant ses escapades dans les bois avec son anarchiste de mec ; et tous les deux s'aiment anarchistement dans un idéal de frugalité fait de contrôle et de petits comptes de boutiquiers notés dans un petit cahier de comptable en attendant de retourner chez maman la semaine d'après. Voilà la caricature. Voilà ce qui fait échouer l'anarchisme.

Cela dit, à la Commune, une certaine douceur s'est installée dans la routine des jours. Le fait d'appartenir désormais à un groupe sans chef rend tout désir de pouvoir obsolète et même ridicule. Tout ce qui existait avant, dans l'idée même de vivre, de réussir sa vie, est devenu caduc et même risible. Toute la mondanité afférente à la vie d'acteur m'est apparue dans sa lumière aveuglante. Je me suis mise à admirer des gens qui étaient invisibles pour moi avant. Comme la femme qui m'a montré à faire du pain et le gars qui passe le balai. C'est un renversement complet de l'idéal, une autre définition de la grandeur qui m'est apparue. Le pire, ça a été de réaliser que pendant des années, j'ai fait comme Thomas. Je me cachais. J'avais une autre vie. Je ne disais pas à mes proches ce que je faisais comme métier. Même Joan ne l'a jamais su. Je crois que Joan ne s'est jamais doutée de rien. Que pour elle les prostituées c'était un truc dangereux et sale, qui faisait bobo à Jésus. Sauf si elle s'appelle Marie Madeleine. En tout cas je sais ce que c'est que d'avoir des secrets. Je prenais un soin maladif à maquiller les preuves. Je supprimais les messages, j'organisais les mensonges. J'orchestrais une vie parallèle et cela m'amusait. Je jouais parfaitement la comédie. C'est pour ça que Thomas se sentait proche de moi, j'imagine. Comme lui, mes absences étaient toujours justifiées. Avoir un secret si grand, c'est être tout-puissant.

Joan

À la Commune, nous avons peu d'outils. Il faut construire de nouvelles cabanes. L'arrivée constante de nouveaux venus nous oblige à trouver de nouveaux moyens de survie. Nous avons des dettes, des échéances. Des huissiers sont venus l'autre jour, nous menaçant de reprendre le peu que nous avons. Le corps de ferme, quelques terres. Ça nous a dévastés. Et vous, vous êtes là derrière votre petit bureau, et vous prenez votre temps. Mais c'est quoi, toute cette lenteur ? Des dizaines de personnes attendent que l'on signe ce papier. Il me semble que toutes les preuves sont réunies, désormais. Thomas ne reviendra jamais. Seule Claire a un peu de patrimoine, alors elle a dit : on va régler les choses, allons au commissariat, et désolée, Joan, je sais que c'est chaud pour toi. Vous savez bien à quoi je m'expose en venant ici. Je le fais pour Claire, *because her drama is unsuspected*. Elle s'occupe de nous avec une énergie désespérée. Elle fait en sorte que les choses durent dans le temps. Comment ? Oh, plein de choses. Elle a installé des nichoirs à chauves-souris, créé un jardin de plantes médicinales, semé des plantes mellifères... Tous les effluents sont filtrés dans une zone humide plantée de roseaux. Elle a soigné les bois blessés en pulvérisant des extraits de plantes sur les feuilles piquées de parasites. Elle nous a donné des cours de taille. Claire pense au futur. Tout le temps. Et ce papier c'est notre survie.

Claire est encore plus brisée que moi. Sa vie s'est rompue, *as if nothing could be worse*, et pourtant c'est elle qui trouve les solutions, qui nous entraîne vers la vie. Contrairement à ce que j'avais vécu dans la famille des fous, il y a des adoptions d'enfants qui marchent et des greffes qui prennent. Ça arrive. Des accidents heureux qui ouvrent une nouvelle brèche. À la Commune, je le vis tous les jours. Dans l'expérimentation permanente surviennent parfois des miracles. Découvrir des tubercules oubliés à l'orée du bois, c'est comme tomber sur des pierres précieuses. Et Claire nous a montré tout cela. Elle n'a jamais cherché à recréer le confort d'avant. Elle s'est délestée de son ancienne vie comme on retire un manteau. Elle a analysé le sol, cherché les sources d'eau qui circulaient encore en nappes profondes, débusqué les arbres qui pouvaient faire parasol. Elle a fait grimper des lianes fruitières en hautains ou les a fait ramper au ras du sol, à l'ombre des féviers.

Ces plantes enchantent notre vie et nous nourrissent. Hortense et Léo se sont beaucoup impliqués aussi. Je crois qu'ils sont conscients que Claire fait tout ça pour eux. Bientôt, si elle réussit à vendre la maison, notre jardin deviendra un paradis d'abricotiers, de rosiers, de pruniers, de jujubiers. Et aussi de poiriers, de pommiers, de cerisiers. Dans le chai, sur un palan, on fait sécher des fruits et des feuilles pour les tisanes ; elle prépare toujours le futur, et dans cette anticipation il y a l'espoir qu'on vivra encore longtemps, des dizaines d'années, soyons optimistes. Ça nous donne une ligne de fuite. C'est notre seul monde et c'est un concentré du monde, avec sa violence et sa douceur. Il n'y a pas de démarcation claire de propriété entre ce qui nous appartient et la forêt. Nous nous accommodons de ce flou. Nous ne pouvons rien implanter ou forcer, seulement attendre. Il faut accepter cela. L'insécurité et le désordre, *the true savagery*. Et pour nous, il est temps de repartir.

Claire

Vous comprenez. Je ne m'attendais pas vraiment à ça. Pendant les heures passées ici, j'aurais adoré que vous me disiez : madame Cassar, on a retrouvé votre mari, regardez, il est là. J'aurais vu Thomas dans la salle d'attente, incroyablement enlaidi, méconnaissable. Voûté. Le visage légèrement bouffi, mais bien habillé, pour garder la face. J'aimerais tant le savoir malheureux. J'ai rêvé de ça plus d'une fois, vous savez. Me retourner vers la porte qui s'ouvre et le voir. Je me suis beaucoup raconté cette histoire. Et on aurait parlé, lui et moi. Pendant des heures. On serait peut-être même tombés dans les bras l'un de l'autre. Comment en arrive-t-on à se mentir ? Combien de temps peut-on tenir ? À quel moment cède-t-on, et pourquoi cède-t-on de nouveau à un autre moment ? Pourquoi ne me dites-vous tout cela que maintenant ? Ce qui ne m'a pas frôlé l'esprit une seule fois ? Vous me demandez si je comprends, mais bien sûr que je comprends. Désormais. Les morceaux ont retrouvé leur juste place.

Je comprends.

Que la raison pour laquelle Thomas est parti, ce n'est pas à cause de moi, de nous, de sa vie sous verre, prévisible, qui l'étouffait à mourir. Ce n'est pas son amour pour Marie, dont la mort soudaine l'aurait entraîné dans un chagrin indicible. Ce n'est pas la belle version de l'histoire, la version romantique du prince. Les ballets, les opéras, les films, les contes, les romans, et toute la littérature. Ce n'est pas ça. Vous m'apprenez l'autre version. L'autre fin. Ce à quoi je n'aurais pas pensé. Jamais.

Vous m'apprenez.

Que pendant des mois, Thomas s'est soumis au protocole. Qu'il est venu régulièrement au poste. Qu'il a honoré tous ses rendez-vous. Les interrogatoires, les expertises, les empreintes. Sans broncher. Que les preuves contre lui n'étaient pas suffisantes pour la préventive. Qu'il s'étonnait que je n'aie pas signalé sa disparition. Qu'il en était même *blessé*, comme vous dites. Pendant tous les mois où je m'imaginais le pire, lui vivait sagement dans son appartement, l'appartement tout blanc. Qu'après quelques mois, il a été écarté de l'enquête. Sauf que. Il y a eu des avis contradictoires. Vous avez eu de nouveau des soupçons. La mort de Marie serait *suspecte*. Depuis le début de cette affaire, vous avez l'intime conviction que Marie est morte assassinée. Après plus d'un an d'enquête, Thomas redevient le principal suspect. Vous le convoquez de nouveau, cette fois en comparution immédiate, mais il a disparu. C'est le moment où vous décidez d'envoyer de faux huissiers à la Commune. Pour nous faire peur. Pour nous contraindre à trouver de l'argent, et vite. Vous saviez que je possédais cette maison, que la misère nous guette. Que provoquer le signalement de la disparition de Thomas pouvait nous mettre à l'abri pour un bon moment. Il fallait remonter jusqu'à Thomas pour faire apparaître Thomas. Alors, vous nous avez fait parler. Sans rien nous dire. Pendant des semaines. Pour ne pas que je l'on se brime dans nos confidences. Aujourd'hui, vous en êtes sûr : Thomas, toujours en fuite, serait bien l'auteur présumé du meurtre.

L'auteur présumé.

L'*autre fin*.

Il paraît que le mois dernier, un individu se baladait avec une machette dans la forêt, cherchant le sang. La violence vécue comme extrême autrefois est devenue

banale. Suite à ce signalement, il a été question de se procurer des armes, à la Commune. On a déjà deux carabines de chasse. Moi j'étais contre.
Ce que je pense : Thomas ne reviendra jamais, il n'est pas fou. Vous dites qu'il est en fuite, qu'il n'est pas mort – mais il ne va pas se dénoncer lui-même, il ne va pas risquer de passer vingt ans en prison.

(Les heures, toutes les heures, deviennent profondes. Chaque nuage, chaque fleur, chaque goutte de sève est un miracle. Il m'arrive parfois de rire de bonheur à leur vision. À la question « pourquoi continuer », j'entrevois souvent une réponse qui me garde en vie.)

Je ne m'énerve pas du tout.

(Thomas a-t-il seulement déjà touché du doigt une seule fois cet état de grâce ?)

Ce que je fais s'il revient ?

(Je pense souvent à notre maison de Valroye. Je me dis : elle a été abandonnée, et un jour, elle finira par céder. Le bel ordre s'écroulera sous l'anarchie des forêts. Dans quelques milliers d'années, les derniers organismes finiront par digérer les vestiges de notre quotidien, sacs en plastique, brosses à dents, bouteilles de shampooing. N'est-ce pas une pensée heureuse ?)

Il ne reviendra pas.

(Depuis quelques semaines, à la Commune, nous avons franchi un cap encore plus radical : nous éteignons les feux, le soir. Pas de bougies, rien. Nous voulons entrer dans l'ombre, comme nos camarades non humains, en une forme de mimétisme. Cette décision a été prise collectivement et à l'unanimité. Pour nous réchauffer, nous chantons. Léo s'est révélé être un excellent chanteur. Je ne l'ai jamais vu aussi heureux que dans ces moments de grande harmonie.)

Bon courage pour le retrouver.

(Bien entendu, j'ai peur. Rien ne nous protège. J'entrevois la mort violente au-delà du roman. Thomas pourrait se venger de cette déposition, et je finirais comme Marie, et tant de femmes encore.)

Je signe où ? Là ?

(Comme nous manquons de tout, nous avons ouvert notre Commune à d'autres communautés proches. Entre paysans, nous échangeons des vivres. Ces deux mots sont devenus les plus beaux que je connaisse : « paysans » et « vivres ».)

Entendu. Non, je n'ai pas d'autres questions.

(Une nuit, Hélène m'a raconté un secret. Lorsqu'elle était petite, sa mère lui inventait des histoires à partir des motifs des tapisseries. Les oiseaux, les insectes, les papillons avaient des noms ; ensemble, elles s'amusaient à se raconter des histoires à partir de ces images au mur. Ces motifs, dans son imaginaire d'enfant, devenaient vivants et entraient dans ses rêves : c'est comme si l'univers des contes, de la folie douce et des rêves éveillés s'étendait dans la réalité. Le conte se poursuivait dans la vie réelle. Elles entretenaient ce brouillage entre les histoires que l'on se raconte pour s'endormir et le reste de la vie. Le quotidien s'enchantait ainsi par cette frontière franchissable entre le vrai, la semi-vérité et l'histoire. Ça m'a bouleversée. C'est la première fois qu'Hélène me parlait de sa mère. Peut-être allons-nous enfin apprendre à nous connaître, après tant d'années sans rien nous dire.)

D'accord.

Mon sac. Je l'ai posé là.

(Ils ont dit que Joan aurait des papiers. Si on l'avait expulsée, je ne m'en serais pas remise.)

Merci.

(En sortant du commissariat, j'imagine que, pour les gens qui nous croisent, moi en train de tenir Joan par le bras et Hélène qui s'accroche à moi, nous apparaissons comme des bonnes copines, alors qu'en fait je ne sais pas qui retient qui.)

(Hélène m'a proposé une cigarette. Joan avait des amandes.)

(Hélène entre dans la voiture. Je m'assois à la place du mort. Joan s'est assise derrière. Tout cela prend un temps infini.)

(On a fait un détour pour rentrer. Il fallait que je me calme avant de parler aux enfants. Après six heures à rouler, j'ai demandé à Hélène de se garer à la sortie d'une route. C'était au milieu de nulle part. J'ai marché un peu. Un chemin s'est présenté dans la forêt, à ce moment, débouchant sur une clairière d'une grande vastitude. À ce mot, le ciel s'est ouvert. Il y avait des rayons. Il y avait la poussière. Il y avait ce qu'on ne peut pas posséder – l'atmosphère.)

(Thomas allait-il surgir de derrière un buisson, un couteau à la main ? Allais-je vivre désormais avec cette peur permanente et nouvelle ?)

(Voilà ce que laissent les manquants.)

(Je ne savais pas encore ce que l'amour impliquait. Je ne voyais que la perte, n'envisageant pas encore la dépossession comme une libération, quelque chose qui me désentraverait. Me déposséder m'a rendue libre. Je suis pauvre, mais je ne suis pas démunie : c'est la manière la plus luxueuse de vivre.)

(Il n'y a aucun éclat dans notre action. Aucun sens du spectacle. Nous n'intéressons pas les médias. Nous ne nous gargarisons d'aucun courage. Nous tentons de vivre de manière juste. Et malgré cela, nous sommes complices du mal absolu.)

(Nous avons fini par rentrer.)

(Je sais désormais que, tant que nous vivrons loin de ce qu'espèrent les hommes, notre œuvre se poursuivra.)

Note de l'autrice

Le récit du siège de l'université s'inspire librement du compte rendu d'un des participants de la Commune de Tolbiac (2018), Yvain Kounine, publié sur le site de lundi.am le 6 juillet 2021 : « Pour une histoire commune de Tolbiac ». https://lundi.am/Pour-une-histoire-de-la-commune-de-Tobliac

Le « jardin viticole » du personnage de Claire Cassar se réfère aux recherches agricoles de la vigneronne Catherine Bernard, à Restinclière, en Languedoc (France).

« Les manquants » sont non seulement un terme générique de viticulture, mais aussi le nom d'une cuvée de cabernet franc de la vigneronne ligérienne Sylvie Augereau, d'une grande profondeur suave, qu'il faut goûter au moins une fois dans sa vie.

RÉALISATION : NORD COMPO À VILLENEUVE-D'ASCQ
ACHEVÉ D'IMPRIMER SUR ROTO-PAGE
PAR L'IMPRIMERIE FLOCH À MAYENNE
DÉPÔT LÉGAL : MARS 2023 — N° 152676 (101568)
Imprimé en France